死神刑事《デカ》

Shinigami

Deka

Takahiro Okura

大倉崇裕

幻冬舎

死神刑事

Shinigami

Deka

Takahiro Okura

死神刑事

目次

死神の目

1

大塚東警察署刑事課のデスクで、大邊誠《おおべまこと》はスマートフォンの画面に目を落としていた。ネットのニュースサイトにざっと目を通す。目当ての話題は見当たらない。ホッと肩の力を抜いた。

刑事課には、大邊以外、誰もいない。皆、捜査のため街を駆け回っている。

「くそっ」

冷静ではいられない。無性に煙草が吸いたいが、署内は昨年から完全禁煙になった。署から一歩たりとも出るなとの厳命が下っている以上、駐車場の隅で一服というわけにもいかない。

これで二日目。大邊のイライラも既に限界だった。

「よう、相変わらずか」

地域課にいる米山《よねやま》がやって来た。年齢は同じ三十五歳、階級も同じ巡査部長だ。自他共に認めるヘビースモーカーの二人は、喫煙所で意気投合、今では時おり、酒を酌み交わす仲となっていた。

「何しに来た」

「おうおう、頭から煙が出てるぜ」

「缶詰にもいい加減、飽き飽きさ。ちょっと神経質すぎやしないか。たしかに俺は、あの事件の捜査本部にいた。ただし、道案内専門の所轄職員としてだぜ。捜査はすべて一課が取り仕切っていたし……」

「そんなことは、みんな、判ってるさ。ただ、上層部としては、神経質にならざるを得んのだろう。ここんとこ、マスコミには書きたい放題書かれてるからな」

「正面にレポーターの一人でも来てるなら判るぜ。人っ子一人、いやしないじゃないか。ネットで取り上げられたのも一瞬だけ。資産家とはいえ、爺さんが殺された、しかも遺産狙いの身内にだ。マスコミが飛びつくような中身は大してないぜ」

「マスコミは来なくても、死神はやって来るかもしれん」

「けっ、またその話かよ」

「おまえは気楽だよな。捜査本部にいた連中、戦々恐々としているぜ」

「無罪確定と同時に事件の再捜査を始める謎の部署。死神はただ一人の捜査員ってことだよな。そんな身内の傷を抉《えぐ》りだすようなこと、誰がするかよ」

「それをやろうってヤツがいるんだよ」

「警察官が、根拠のないデマに振り回されてどうすんだ。死神だと？　バカバカしい」

乾いた革靴の音に、大邊は振り返る。刑事課の戸口に、直属の上司である山田《やまだ》課長が立っていた。

状況をいち早く察したのか、米山はさっと背筋を伸ばし、入場行進でもするかのような足取りで、部屋を出ていった。一人残された大邊は、最近、下腹が目立ち始めた山田と向き合う。

「何か？」

「署長室に来てくれ」

皮膚の表面がざわりと粟だつ、久しぶりの感覚だった。山田は大邊を待つことなく、廊下へと姿を消した。大邊はわざと少し間をおいてから、廊下に出る。署長室は一階上だ。大邊は一段飛ばしで階段を駆け上がり、上り切ったところで、山田に追いついた。正面にある署長室のドアを、山田が控えめにノックする。

「入れ」

牛島《うしじま》署長の太い声が聞こえた。

「山田です。大邊を連れてまいりました！」

大塚東警察署の建物は老朽化が激しく、署長室も例外ではない。低い天井に小さい窓、磨くだけでは取り切れない、汚れがこびりついた床。ダークブラウンのデスクだけは、署長の威厳を保っていたが、それも、通販などでも買える組立式の安物であることを、大邊は知っている。

デスクの前には来客用の応接セットがあり、合皮製の硬いソファに、グレーのスーツを着た、地味で小太りの男が腰を下ろしていた。頭髪は薄く、今ではあまり見かけない、黒縁の丸メガネをかけている。大邊はさっそく品定めを始めたが、どうにも正体を絞りこめない。銀行員、保険の営業マン、商社マン――デパートの外商のようでもあり、それでいて、キャッチセールスの呼びこみのごとき、うさんくささも感じる。

「私、こういうものです」

男は立ち上がり、名刺を差しだした。それはかつて見たこともない、不思議なものだった。そこに記されていたのは、「警部補　儀藤堅忍《ぎどうけんにん》」という階級と名前だけ。所属部署、連絡先などはいっさい書かれていない。

儀藤は大邊の戸惑いを楽しむかのように、厚い唇を緩めた。

「警視庁の方から来ました。よろしくお願いします」

どうしようもなくなり、大邊は署長に助けを求めた。しかし牛島署長の目は、こちらの視線をわざとらしく避け、未決の箱に山積みとなった書類の側面をふらふらと漂っている。

「大邊巡査部長、どうぞおかけ下さい」

甲高い声で儀藤は言い、大邊を待つことなく腰を下ろした。状況の見えない不安に、口の中が乾いていた。腰を下ろしたものの、何とも居心地が悪い。モジモジと尻を動かすたび、キュキュと合皮が音をたてる。

「まあ、そんなに緊張なさらないで」

儀藤はゆったりとソファにもたれ、臍《へそ》の前で手を組んでいた。

「今日からしばらくの間、あなたには通常の仕事を外れてもらいます」

「は？」

「そんなに長くはならないと思います。二、三日ってところでしょう。よろしく」

「よろしくって……」

「署長の許可は取ってあります。まあ、許可が出なくとも、結果は変わらないのだけれど」

メガネの奥で、やや垂れぎみの細い目が、不気味に光った。嫌な目だった。

「待って下さい。あなたが警視庁から来たことは判りました。しかし、私にも現在、抱えている事件が……」

「そんなものは考えなくていい」

「何ですって？」

「他の者にやらせておけばいい。あなたがこれから関わろうとしている事案は、窃盗や喧嘩とはわけが違う」

「窃盗や喧嘩。犯罪であることに違いはない。儀藤警部補の言わんとしていることが、私には理解できない」

「理解などしなくてけっこう。私どもが担当するのは、一年前に起きた、星乃《ほしの》洋太《ようた》郎《ろう》氏殺害事件です。事件後すぐに、被害者の甥、星乃礼人《あやひと》氏が逮捕されましたが、三日前の公判で、無罪の判決が下りました。検察は控訴しない方針で、判決は確定します。あなたは、事件当時、南平和台署にいて、捜査に参加しましたね」

「ええ。ですが……」

「けっこう。では、仕事にかかりましょう」

儀藤は立ち上がり、署長に一礼する。署長はバツが悪そうな顔を隠そうともせず、小さく咳払いをして言った。

「一階に部屋を設けた。使ってくれ」

「それはどうも」

大邊は署長たちを睨みながら、敬礼も挨拶もせず、部屋を出た。悪夢の中にでもいるような心持ちだ。ついさっき米山と話していたことが、現実のものとなった。

儀藤堅忍。ヤツこそが、あの死神だ。

2

大邊たちにあてがわれたのは、つまるところ、物置部屋であった。内容物不明の段ボール箱と箒、モップ、バケツなどが押しこめられた、黴《かび》臭い小部屋のことである。今はそれらを運びだし、会議用テーブルと椅子二脚が放りこまれていた。中をひと目見るなり、儀藤は「フフ」と笑う。

「物置部屋を整理したとのことでしたが、物置部屋以上に居心地が悪い」

「死神と言われるだけあって、劣悪な環境ほど快適ってわけですか」

「そのあだ名、いつの間にか定着してしまいましてね。まあ、気に入ってはいるので、そのままにしています。さて……」

儀藤は椅子に座り、頭の後ろで手を組んだ。

「私の噂については、もうお聞き及びで？」

「薄々。まさか、自分が指名されるとは思っていませんでしたが」

「噂にもいろいろありましてね。尾ひれがつきすぎたものもある。ただ、さすがは警察、おおむね正確でしてね。私の職務は、無罪判決が出てしまった事件を再捜査し、真犯人を突き止めることです」

「この際だから聞いておきます。そんなことをして、何になるんです？　一年間にどれくらいの人間が逮捕起訴されているか……」

「訴訟事件の総数は、昨今の平均で七万件強」

「うち、無罪になったものは……」

「約百件」

「〇・一四パーセントですよ。その中には、正当防衛や責任能力がない場合、つまり過失が認められず無罪となったケースも含まれている。無罪になったからって、再捜査が必要なケースなんていったい、どれだけあるっていうんです？」

「付け加えるのなら、証拠不十分で無罪となった場合、一事不再理により、再捜査はできない」

「そんなこと、言われなくても判ってますよ。ですから、いったい一年に数件、あるかないかのケースのために、わざわざ部署を作って、専従捜査員を置くなんて……」

「バカバカしいと？」

「ご本人を前にして失礼ですが、その通りだと思います。最近、不祥事などで警察に対する風当たりは強い。マスコミ向けのポーズとして、形だけの部署を作った。そんなところじゃないんですか？」

儀藤は薄い笑みを浮かべつつ、大邊を見上げた。

「残念ながら違います。ポーズなどではありません。私の仕事はね、あなたがズラズラと並べ立てた文言など必要ない。ただ一文で済みます」

儀藤は右手の人差し指を立てる。

「逃げ得は許さない」

その顔はもはや笑ってはいなかった。

「どれだけ件数が少なかろうと、無罪判決の後ろには、いまだ野放しとなった真犯人がいるのですよ。そいつらをそのままにできますか？　きっちりと裁きを受けさせなければ、大人しく刑務所に入っている者たちに失礼でしょう」

「……いや、まあ、失礼とまでは思いませんけど」

「被害者の無念を考えれば、マスコミなど、糞食《くそく》らえですよ」

「いや、しかし……」

大邊は本音をぶつけることにした。

「身内の誰も喜びませんよ」

「身内とは？」

「とぼけんで下さい。我々、警察組織です。無罪判決が出るということは、理由はどうあれ、我々には黒星です。特に、犯人の取り違えなんて、黒星の中の金メダルだ」

「上手《うま》いこと言いますね。まさにその通りだ」

「そうした事件はタブー扱いになって、誰も口にしなくなる。あなたは、そんな警察の傷口をほじくり返していくんだ。逃げ得はどうのとか、お題目はけっこうですが、誰も喜びはしないでしょう」

「それこそが、死神というあだ名の所以《ゆえん》ですかな」

「いや、それだけじゃありません。あなたは、再捜査を始める前、かつて捜査本部に籍をおいた一人を相棒として指名する。指名された時点で、その人のキャリアはおしまいだ。だってそうでしょう？　自分たちの傷口をほじくり返す手伝いをしたんだから。堅牢な警察組織の中にあって、もうその人の生きる場所はない。だから、死神」

「それは酷い。そんなことは……」

「ない？」

「ある」

「あるのかよ！」

「とにかく、問題の事件、星乃洋太郎氏殺しについて、おさらいをしましょう。我々警察は一度捜査をして、間違えた。そのポイントを探るのです」

「はいはい。大邊誠、最後の事件の始まりぃ」

「事件が起きたのは、今から一年二ヶ月前。事件現場は、南平和台三丁目にある、星乃洋太郎氏宅。一階の居間で、一人暮らしをしていた洋太郎氏、六十二歳、が刺殺された。発見者は被害者の甥である星乃礼人氏、三十二歳。用事があって被害者を訪ねたところ、血まみれになっている伯父を見つけた」

儀藤は事件概要すべてが頭に入っているらしい。何も見ず、スラスラと言葉が出てくる。

「被害者の死亡推定時刻は午後九時前後。礼人氏による一一〇通報は九時三十二分。家内から現金五百万円が消えていたことなどから、強盗殺人の線も考えられたが、第一容疑者として名前が挙がったのは、発見者である甥の礼人氏だった」

大邊にしても、星乃洋太郎殺しの詳細については、頭の中に残っている。大邊は言った。

「礼人は普段から被害者と折り合いが悪く、その前夜にも言い争いをしていました。動機は十分にあった」

「礼人氏は博打《ばくち》好きで、ヤミ金に八百万近い借金があったのでしたね」

「蔵町《くらまち》金融とかいう、質《たち》の悪いところから借りていました。内臓を売れだの、マグロ船に乗せるだの、まあ、古くからある脅し文句を、毎日のように浴びせられていたようです」

儀藤は腕を組み、薄く目を閉じてスラスラと話し始める。

「被害者星乃洋太郎氏は、星乃産業を一代で興した男。六十歳で会社を第三者に売り渡し、悠々自適の生活を送っていた。妻、子供はなく、身寄りと言えば、甥の礼人氏と姪の佐智子《さちこ》氏の二人だけ」

「二人は洋太郎の弟の子供で、彼らの両親は交通事故で他界しています」

「礼人氏が十五歳、佐智子氏が十二歳のときだったとか。洋太郎氏は二人を引き取り、ずっと面倒を見てきた」

「つまり、礼人は育ての親を惨殺し、借金返済のため金を盗《と》ったと思われていた。一年後に、まさかの無罪判決が出るまではね」

儀藤は足を組み替えると、壁に立てかけてある椅子を示し、言った。

「座らなくていいのですか?」

「腰を痛めているんで。立ったままの方が楽なんです」

「判りました。少し長くなります。座りたくなったら、いつでもどうぞ」

大邊は内心、うんざりしていた。この調子でいくと、今日は残業だ。

「被害者の姪、佐智子氏は、大手旅行代理店に勤務。本人に問題はなかったが、当時つき合っていた男性には多額の借金があった」

「捜査段階でも、その点は問題になったと記憶しています」

「問題の男性は、広也乙彦《ひろやおとひこ》氏、四十二歳。太陽光発電に関係するベンチャー企業の共同経営者でした。事業も軌道に乗り、さあこれからというときに、もう一人の経営者が死亡。事業が立ちゆかなくなり倒産してしまった。その結果、一億を超える借金を背負うことになった、というのが概要です」

「そんな状況になっても、関係が続くってのがすごいですよね」

「二人は先月、結婚しましたよ。佐智子氏は、旅行代理店を退職。現在は専業主婦だとか」

「愛は借金に勝るか」

「借金は洋太郎氏の遺産でほぼ返済したようですね。うーむ、資料ではこのあたりが不明瞭なのですが、つまり、姪の佐智子氏にも伯父を殺害する動機があったことになります。なぜ、礼人氏だけが容疑者となったのでしょうか?」

「被害者が、佐智子を援助することを表明していたからです。実際、消えた五百万は、もともと佐智子に渡すものだったようです」

「なるほど。兄妹でこれだけ扱いが違う。礼人氏としては、面白くなかったでしょうね」

「この件が、礼人の殺意を強める結果になった。みんな、そう考えていましたよ」

「動機のほかに、礼人氏の犯行を裏付けるものとしては……まず、洋太郎氏宅への侵入方法」

「鍵をこじ開けたり、窓を割ったりなど、そうした痕跡はまったくありませんでした」

「犯人は堂々と鍵を開け、玄関から入った。あるいは、被害者自らが開け、招き入れた」

「礼人は、洋太郎宅の鍵を持っていました。条件に当てはまります」

「第二に、消えた五百万。当日、星乃家の者で、それだけの現金が洋太郎氏宅にあると知っていたのは、誰と誰なのです？」

「確実とは言い切れませんが、礼人と佐智子の二人だけであったと」

「ここでもその二人ですか。しかし、折り合いが悪かった礼人氏に、現金のことを話すとは思えませんが」

「話したのは、佐智子です。事件当日の午後、礼人は電話で佐智子とも口論しています。その際、佐智子が口を滑らせたようです」

「それから決定的なことがもう一つ。事件後、礼人氏は借金の一部を返済している」

「ええ。それも事件当夜、洋太郎殺害から一時間とたたないうちに、ヤミ金の事務所に五百万を届けている」

「それは、本人が？」

「いえ。本人の代理人が置いていったとか」

「代理人の身元は？」

「確認できていません」

「礼人氏に大金を託せるような友達がいたのですかね」

「その辺りも未確認です。いずれにせよ、伯父が殺害され、現場から五百万が消えた。その夜、長らく滞っていた借金の返済が同額分、なされた。これだけのことが揃っていたら、些細《ささい》な疑問なんか無視して、礼人を疑うでしょう。殺害時刻のアリバイはなし、凶器には指紋あり」

「凶器ですが、洋太郎氏宅内にあったものなんですね？」

「台所にあった包丁です。洋太郎に加え、礼人の指紋もべったりついていました」

「なるほど」

「もう一つ、決定的なものとして、自白があります。任意同行での取り調べで、礼人は犯行を認めているんです」

「しかし、礼人氏は公判で自白を撤回した」

「あれには驚きました。テレビのドラマとは違って、現実には滅多《めった》にないことですから」

「礼人氏の自白についてですが……」

ここで初めて、儀藤は椅子の脇に置いた焦げ茶色の書類カバンから、数枚の資料を取りだした。

「侵入については、鍵を使った。金の件で腹が立ったので、会って話をつけようと思った。居間で口論となり、台所の包丁で発作的に刺した。その後、封筒に入れたまま放置されていた金を盗り、逃げた。その金は人に頼み、ヤミ金の事務所に届けさせた」

儀藤は資料の端を指で弾くと、意味深な目つきで、大邊を見上げた。その視線を大邊は受け止めきれず、腕を組んで天井を見やる。

「大邊巡査部長、捜査本部の様子はどんな感じでしたか？　あなた個人の見解でけっこうです」

「かなり偏っていたのは間違いありません。発見者を疑うのはセオリーですが、調べれば調べるほど、ボロが出てくる。捜査は始まったばっかりだっていうのに、どこか安堵感のようなものまで、流れていました」

「安堵感ね……。事件は単純明快、スピード解決で鼻高々。そんなところですか」

「礼人を引っ張って、すぐにゲロしたら、もう一気にその流れに乗る感じになって」

「そこに隙があったということかな。いや、これは失礼。誤解しないでいただきたいが、私は捜査の不備を追及しに来たのではない。あくまで、真犯人を突き止めたいだけです」

「どっちでもいいですよ。礼人が無罪になったところで、責任を取る者はいないでしょう。誰とは言いませんけど、当時捜査本部長を務めていた人だって……」

儀藤は大邊の言葉など聞いていないようだった。資料に目を落とし、靴の踵《かかと》でコツコツと床を鳴らしている。

「礼人氏がなぜ、自白を撤回したのか、知っていますか？」

「詳しくは知りません。弁護士が説得したとか何とか。礼人の弁護についたのは、そこそこ名の通った先生、名前は忘れました。雇ったのは妹の佐智子です。折り合いの悪い兄妹でも、さすがに放っておけなかったんでしょうね」

「礼人氏がなぜやってもいない殺人を自供したのか、どうしてそれをひっくり返したのかは、気になりますねぇ。そして、ここが一番肝心なのですが、なぜ無罪になったのか」

「なぜ無罪になったのかくらいは、聞いていますよ。自白の信用性が疑わしいこと、もう一つ、アリバイが証明されたらしいです」

「検察庁などから引っぱりだしてきた、詳細な資料がここにあります」

「検察が？　資料を警察官であるあなたに渡した？　信じられない」

「まあ、いろいろと手づるがありましてね。私の仕事は、検察の協力なしでは、成り立ちませんから。フフフフ」

彼が検察にどんなパイプを持っているのか、気にはなったが、あえて知りたいとは思わなかった。次元が違う、そんな気がしたからだ。

儀藤は大邊の返事も待たず、話し始めた。

「まず、礼人氏がやってもいない人殺しをあっさり認めた点についてですが、彼は当時、定職についておらず、借金まみれ、頼みの伯父にも愛想をつかされ、事実上、ホームレスの状態にあった」

「自棄《やけ》になっていた。社会で生きていくことに疲れた。そんなところでしょうか」

「礼人氏を犯人と決めつける、かなり強硬な取り調べもあり、あっさりと罪を認めた。強盗殺人がどれほどの罪になるか、よく考えもしないで」

「死刑の可能性だってある。特に、一審は裁判員裁判、どう転ぶか判らない」

「その通りです。同じことを弁護士も礼人氏に伝え、彼は震え上がった。そして、自供を翻した」

「凶器に指紋がついていましたよね？　それはどうなりました？」

「台所にあった包丁ですから、礼人氏がさわる機会はありました。ちょくちょくキッチンで料理をしていたとの証言があります。金がないため冷蔵庫の食材を使っていたようです」

「しかし、それで無罪というのは……」

「無論です。そこで出てくるのがアリバイです。彼は被害者の殺害時刻、北池袋のバーにいました。行きつけではなく、初めて入った店だとか。証言を受け、捜査員が裏付け捜査を行ったところ、数人の目撃者が現れ、万事休す。裁判はあくまでも形だけ、無罪を追認するものだったようです。こうしたことを勝ち負けで言うのは、不謹慎かもしれませんが、つまり、警察、検察の完全なる黒星です」

「話を聞いて、余計に頭が痛くなってきました。証拠不十分で無罪ってパターンより遥かに悪い。完全な取り違え、怠慢捜査を指摘されても、無理からぬところです」

「上層部が神経質になり、あなたの外出を禁じたのも、判るでしょう？」

「そして、人身御供《ごくう》として、俺を差しだした……か」

大邊は観念して、椅子を引き、腰を下ろした。

「再捜査、けっこうだ。やりましょう」

「あなたなら、そう言ってくれると思っていた」

握手でも求められるかと思ったが、そんなことはなく、儀藤は相変わらず、椅子にちょこんと尻を乗せたまま、書類をパラパラとめくっていた。だが、メガネの奥の目は、書類の文字を追っているわけではないようだ。どこか、もっと遠くをうかがっているような、焦点の定まらない目つきをしている。彼の頭の中では、某《なにがし》かの設計図が組み上がっているようだった。

ふいに、儀藤が顔を上げた。彼を観察していた大邊と目が合う。

「では、行きますか」

「……どこへ？」

「捜査ですよ」

3

青白い顔をした男が、背中をやや曲げながら、こちらにやって来た。

大邊たちのいるファミリーレストランは、学生や主婦たちでかなりの賑わいを見せている。そんな中で男は、トイレに一番近い奥まった席に座る、一面識もない大邊たちを、ひと目で見つけだした。それだけこの二人が店の雰囲気にそぐわないということだ。

儀藤が極めて人当たりの良い笑みを浮かべながら、立ち上がる。

「これは、これは、お忙しい中、お呼び立てしてしまって、申し訳ありません」

男は向かって右の大邊、左の儀藤を順に見ると、「あぁ」とだけ言って、固まってしまった。

儀藤は背筋を伸ばし、腰をわずかに曲げ、両手で恭しく名刺を差しだした。

「警視庁の方から来ました、私、こういうものです」

男はギクシャクとした動きながら、だされた名刺を受け取る。大邊には、悲しい条件反射に見えた。しばらく儀藤の名刺を見つめていた男であったが、はっと我に返るや、スーツのポケットから名刺をだす。

「ご挨拶が遅れまして。私、こういう……」

儀藤と同じ姿勢で名刺をだす。

「頂戴いたします」

儀藤は貰った名刺を、大邊にも見えるよう、テーブルの上にそっと載せた。

『金本《かねもと》銀行本店　お客様係　松田吉彦《まつだよしひこ》』

松田は、彼にとっていまだ正体不明である大邊を気味悪そうに見下ろしている。

「どうぞ、お座り下さい。手短に済ませましょう」

松田は儀藤の操り人形のごとく、チョコンと二人の向かいに腰を下ろす。

「三人分のドリンクバーを注文していましてね。何かお好きな飲み物でも」

儀藤たちの前にはそれぞれコーヒーの飲みさしが置いてある。

松田は「いえ、私は」と首を振り、続けた。

「あの……それで、どういったご用件でしょうか」

儀藤は粘着質な微笑みを崩さず、言った。

「支店長からお聞きになっていませんか？」

「えっと、星乃洋太郎様の件だとだけ」

「あの事件、少々、状況が変わりましてね。再捜査を行うことになったのです」

「逮捕された礼人さんが無罪になったことは、知っています」

「それに伴っての再捜査なのです」

松田は顔を上げ、あらためて儀藤の名刺に目を落とした。

「再捜査というのは、つまり、礼人さんではなく他に犯人がいるということですか？」

「当然です。彼は無罪になったのですから」

「あの、一つきいてもいいですか？」

「どうぞどうぞ、なんなりと」

「あなたの名刺、部署名が書いてないんですが」

「私、所属がないんですよ」

「はあ？」

「まあ、こういう仕事をしてますと、いろいろありまして。組織の中で働いていらっしゃるあなたであれば、その辺もお判りでしょう」

「ということは、再捜査は、あなた一人で？」

「ここに素晴らしい相棒がおりますがね」

儀藤は大邊の肩を抱く。その腕を強引に外しつつ、我慢の限界を超えた大邊は、松田に自分の身分証を見せた。

「大塚東署の大邊巡査部長です。事件前後のことについて、あなたにおききしたい」

松田はきゅっと両肩を縮める。驚いたカメが、甲羅に首を引っ込める動作に似ていた。

「事件については、一年前に何度もお話ししましたよ」

「申し訳ないが、これは再捜査なんでね。すべて一からやり直すわけですよ。ききたいのは、金のことです。消えた五百万」

「やっぱり……」

「あなたは、お客様係として、星乃洋太郎を担当していた。預金の管理や投資信託などの案内、管理、その他、雑用まで、預金に関わるあらゆることを行っていた」

「あくまで、星乃様からの要望があった場合に限りですが」

「消えた五百万は、あなたが引きだして持っていったのか？」

「いえ、いくらお客様係といえど、預金を勝手に引きだしてお持ちすることはできません。あの日は朝、星乃様が支店に見えられ、預金を下ろされたのです」

「その金を、どうしてあなたが家まで持っていったんだ？」

「星乃様は、この後に用事があるため、多額の現金を持ち歩きたくない。後で届けてくれとおっしゃって。通常、そのようなご依頼はお引き受けしかねるのですが、星乃様は長年のお客様でもありまして……」

儀藤が口を挟んできた。

「彼の資産は、すべて金本銀行が管理しているのでしたね」

「はい」

「だから、断れなかった」

「当時の支店長判断です。お察し下さい」

「あなたを責めるつもりはありませんよ。ところで、現金を最後に確認したのは？」

「私です。銀行を出るとき、自分で金額を数え、封筒に入れました。それをそのまま、星乃様にお渡しした次第です」

「判りました。大邊巡査部長、続きをどうぞ」

儀藤はそう言うと、自分の携帯をいじり始めた。

「その金を持って、洋太郎宅を訪ねたときのことを、話して下さい」

「お訪ねしたのは、午前十一時すぎ。これは星乃様からのご指定でした。いつもの居間に通していただき、十分ほど、預金の残高、投資信託のご案内などをいたしました」

「その間、金はどこに」

「お邪魔してすぐに、お渡ししました。現金は封筒二つに分けてご用意しまして、二つとも、居間にある書棚の所に置かれました」

「大金のわりに、ずいぶんと適当な扱いだな」

「星乃様は資産家でいらっしゃいましたし、ふだんから、そういうことをなさっておいででしたから」

「話が済んで、あなたはすぐに帰ったのかい？」

「はい。すぐにおいとましました。正確ではありませんが、十一時二十分ごろだったと思います」

そのとき、儀藤が身を乗りだしてきた。

「五百万の使い道ですが、洋太郎氏は何か言っていませんでしたか?」

松田は暑くもないのに、額をハンカチで拭う。

「一年前の取り調べの際にも、申し上げました。星乃様はそのお金を、姪御さんの佐智子様にあげるつもりだと」

「佐智子氏の夫は、事件当時は婚約者ですが、多額の借金を抱えていた。その返済の一部に充てるため、そう解釈して良いのでしょうか?」

「そこまでは何とも。ただ、これは佐智子様にやるんだと」

「そうしたことは、以前にもありましたか?」

「いいえ。私は星乃様を担当して三年ほどでしたが、私の知る限り、そうしたことは、一度も」

「甥の礼人氏も金には困っていました。彼に現金を渡したことは?」

「さあ、そこまでのことは判りません」

「では言い方を変えましょう。五百万のときと同じように、大金を自宅に持ち帰ったことは、ありましたか?」

「私の知る限り、そうしたことはなかったかと。あのぅ、よろしいでしょうか。そろそろ戻りませんと」

「あなたは今でも、星乃家の担当なのですか？」

「はい。佐智子様を、ご結婚されて今は広也佐智子様ですが、引き続き担当させていただいております」

「佐智子氏はどんなご様子ですか？　礼人氏の無実を受けて」

「そういったことは、私がお答えすべきこととは思えません。あの……私はそろそろ」

松田は席を立つと、大邊たちから大きく視線を逸《そ》らしながら、文字通り、逃げるように店を飛びだしていった。

儀藤は気の毒そうな顔つきをしつつ、実に楽しげな調子でつぶやいた。

「やれやれ。上司から厳しく言われているのでしょうねぇ。余計なことは口にするなと」

「そりゃ、そうでしょう。伯父の死で、佐智子の手元には大金が転がりこんだ。借金を返済しても、それなりの額が残る。それを金本銀行はがっちり押さえている。ご機嫌をそこねて、鞍替えでもされたら、責任問題ですよ」

「さて、我々も行きますかね」

冷めたコーヒーを飲み干すと、儀藤は言った。

「行くってどこへ？」

「頼りにしていますよ。私は手荒なことが苦手なのでね」

4

昼間だというのに、風俗街は活気に満ちあふれていた。派手な看板が日の光を反射する中、日焼けした呼びこみが道の両側からこちらの様子をうかがっている。

「このビルでしょうかね」

上を見ながら歩いていた儀藤は、呼びこみの男と見事にぶつかった。

「いてぇな、コラ！」

髪を金色に染めたひょろりと細長い男は、頭一つ分低い儀藤の顔を、凄味《すごみ》をきかせて見下ろした。

「すみません。ちょっと上を見てまして」

「目障りなんだ。とっとと消えろ」

儀藤を突き飛ばす。儀藤は「うひゃあ」と派手な声を上げ、尻餅をついた。悲鳴に驚き、周囲の視線が集まる。騒ぎが大きくなるのを嫌ったのか、呼びこみの男は舌打ちと共に、通りの向こうに消える。

大邊はため息をつきながら、儀藤を助け起こした。

「何やってるんですか」

「思っていたより、力が強かったのでね。さて、中に入りますかね」

目的地である、「蔵町ビルヂング」は、このいかがわしい界隈《かいわい》にあって、独特の存在感を放っていた。七階建てで、一階はピンサロ、二階は事務所、三階は雀荘、四階から六階までは空き店舗となっている。そして、最上階には、大邊たちが目指す「蔵町金融」の看板があった。

ピンサロの看板の脇を抜け、薄暗い正面口から中に入る。チラシであふれかえった集合ポストの前を通り、階段へとたどり着いた。

階段は段差が大きく、実に上り辛い。七階についたときには、肩で息をするはめとなった。

一方、儀藤は息一つ乱さず、汗一滴かいていない。つるんとした肌を不気味に光らせながら、薄暗い廊下の奥にある、たった一つのドアを見つめていた。ドアの前には「蔵町金融」と書かれた小さなプレートがかかっている。

「さて、インターホンの類《たぐい》がありませんね。訪問者はどうすればいいの……」

ドアが開き、角刈りのやけに目の大きい男が顔をだした。

「何だ、おっさん？」

派手な柄のシャツを着た男は、肩を前後に揺らしながら、ドアの前に立ちふさがる。

「私、こういうものです」

名刺を男に渡す。名刺を手に取った男は、しげしげと見つめた後、

「けい……何だ、読めねえよ」

と言って投げ捨てた。

「け・い・し・ちょ・うの方から来ました。こちらの責任者の方とお会いしたいのです」

「おう、ちょっと待ってろ」

ドアの所から、部屋の中に向かって叫ぶ。

「兄貴、け・い・し・ちょ・うって所から客ですぜ」

「おう」

上背《うわぜい》のある四角い顔の男が現れる。上物のスーツに、金の腕時計、靴も高級ブランド品だ。男は儀藤以上に慣れた手つきで、名刺をだし、幅広の肩を窮屈そうに丸めながら、儀藤に示した。

「鵜戸《うと》誠司《せいじ》と申します」

「私、警視庁の方から来ました、儀藤と申します。こちらは、大邊」

「どうも」

鵜戸は穏やかに微笑み、会釈した。その一瞬で、自分が値踏みされたことを、大邊は知っている。大邊自身が、鵜戸を値踏みしたからだ。

鵜戸は、チンピラでも小悪党でもない。修羅場をくぐりぬけてきた、正真正銘のヤクザ——敵に回すともっともやっかいなタイプだ。

鵜戸は慇懃《いんぎん》な調子を変えず、言った。

「本日はどのようなご用件で?」

「その前に、中に入れてもらえませんかね」

「用件次第ですな」

「一年前の星乃洋太郎氏殺し。甥が無罪放免になったことは、聞いていますよね」

鵜戸はふっと肩の力を抜くと、ドアの前から身を引いた。

「散らかってますがね」

それから、直立している角刈りの男に言う。

「しばらくは誰も通すんじゃねえぞ」

男はドアの脇に立ち、さらにピンと背筋を伸ばした。男の足元には、ウイスキーなどの酒瓶が転がっている。中身は入ったままだ。

「おい、少しは片づけとけ、みっともねえだろ」

「へい」

鵜戸の言葉に、男はそそくさと散らばった酒瓶を一ヶ所に集め始めた。

「二人揃って、整理整頓が、苦手でね」

その言葉通り、室内は事務所の体《てい》すらなしていなかった。そこここに書類が積み上がり、崩れ、重なり合っている。中にはエロ雑誌や少年漫画雑誌も交じっており、コンビニの袋につめこまれたゴミや空のペットボトルも散乱している。部屋の三分の一から向こうは、木目調のパーティションで仕切られ、見ることはできない。鵜戸のデスクなどがあるのだろう。

一方、部屋の真ん中では、安物のソファとテーブルが、ゴミの山から顔をだしていた。儀藤はゴミを足先で蹴散らしながら、まっすぐソファに向かって進んでいく。

儀藤が言った。

「ここには、あなたがた二人だけですか？」

「ああ。もっとも、夕方になると俺も出かけちまうから、まあ、あいつ一人だけってときが多いかな。まあ、座ってくれ。茶もコーヒーも無論、だせないが」

「どうぞ、おかまいなく」

にこやかに火花を散らす二人を眺めながら、大邊は最初に腰を下ろし、言った。

「こんな掃き溜めに長くいたくはないんだ。用件に入らせてもらうぜ」

「こちらさんは随分と物言いが正直だ」

眉間に皺《しわ》を寄せ、鵜戸が腰を下ろす。

「聞きたいのは、例の五百万のことだ。それを受け取ったときのこと、詳しく話してくれ」

「おおよそ、そんなことだろうと思ったよ。警察も大変ですなぁ。誤認逮捕だなんて」

「おまえらには、関係のないことだ。きかれたことに、さっさと答えろ」

「それが、人にものをきく態度か？」

「ああ、そうだ。弱い者イジメを生業《なりわい》にしているクズ野郎に向かって、ほかにどんな態度を取れと言うんだ？」

「まあまあ、大邉巡査部長、そうそう、本音をもらさなくても」

横に座った儀藤が割って入った。

「鵜戸さん、失礼しました。彼とは知り合って日が浅いものでね。まさかこんなにも、本当のことしか言わないとは」

鵜戸は拳でデスクを叩き、赤く濁った目を見開いた。

「こっちは忙しいんだ。戯《ざ》れ言につき合っている暇はねえ」

「それは失礼。では、さっさと答えていただけますね？」

「一年前に、何度も話したことだ。あの夜、星乃礼人の借金を五百万だけ返済したいっていう電話があった。時刻は午後九時十分くらいだったかな。かけてきたのは、礼人本人ではなく、代理人だと名乗っていた。声に聞き覚えはなかった。金はこれから事務所、つまりここに持ってくるという。断る理由もないから、承諾した。二十分ほどして、つまり、午後九時半過ぎに、男が札の入った封筒を持ってきた。帽子をかぶってマスクをしていたから、人相は判らない。礼人でなかったことは確かだ。封筒には五百万きっちり入っていた。ま、相手がどんなヤツだろうと、こっちは金が入れば文句はない。受け取りを渡したら、そそくさと帰っていった。それだけだ。俺は何も知らずに、金を受け取った。もし知ってたら、男を帰したりしなかったさ」

「その人物は、手袋をしていましたか？」

「いや。していなかったと思う」

「受け取った五百万は、どうされました？」

「朝まで金庫に入れて保管し、翌朝、銀行で口座に入金した。手続き書類はすべて残っているぜ」

「翌朝ということは、入金手続きをした時点で、あなたは星乃洋太郎氏が殺害されたことを知ってらした」

「それが何か？　俺が金を貸したのは甥だ。伯父が生きてようが殺されようが、関係はない。それに、現場から五百万が消えていたことまでは、知らなかった」

「礼人氏の借金は、どうなったのです？」

「無理に取り立てるわけにもいかねえだろ。それに、あいつの妹が弁護士雇ってやいのやいの言ってきやがった。総額は八百万。五百万いただいて、あとはチャラにした」

「太っ腹なんですな」

「背に腹はってヤツさ」

「判りました。さてと……」

儀藤は大きく伸びをする。

「そろそろ本題に入らせていただきたい」

儀藤たちを見送ろうと腰を上げかけていた鵜戸は、中腰のまま顔を顰《しか》めた。

「おまえ、俺をおちょくってるのか？」

「申し訳ない、前置きが長くなってしまうのが、私の悪い癖で」

鵜戸は座り直すと、キラキラと光る歯を見せて笑った。

「あんたら、こんなボロビルの事務所で、一生懸命生きてる一般市民をいたぶって、面白いのか？」

「これも仕事でしてね。まあ、おききしたいことは、すべておききしました。ここから先は、私とあなたの信頼関係に則《のっと》ってですね……」

「誰と誰の信頼関係だって？　この部屋の中に、信頼なんてものが欠片《かけら》ほどでもあるのか？　おまえら二人に比べたら、そこで健気《けなげ》につっ立っているあいつの方がよほど信頼できる」

「まあ、そうカッカしないで。信頼ってのは、少しずつ構築していくものですから。今はゼロでも、五分後には抱き合って頬を舐めているかもしれない」

「首をねじ切っているかもな」

儀藤は楽しげにポンポンと手を打ち鳴らす。

「いやあ、鵜戸さん、あなたと話していると楽しい。あなたは、これでなかなか頭が切れる人だ。そうでなくては、このご時世、ヤミ金を仕切ってなぞいかれない」

「あんたは何か勘違いをなさっている。うちは合法な貸金業であって、ヤミ金呼ばわりされるいわれはない」

「まあ、その点については、突っこまずにおきましょう。でも、このゴミ溜めのようになった部屋、これもわざとやっておられるのでしょう？」

「ん？」

「それから、戸口の酒瓶。あれ、中身も酒ですかな？」

鵜戸の態度がよそよそしくなってきた。つっ立っている男に目を向けたいが、じっと我慢をして儀藤を睨んでいるといった感じだ。

儀藤は得々として続けた。

「ゴミが散乱しているのは、警察や敵対組織が踏みこんできたときの対策でしょう？　目的の書類やブツが簡単には見つからないように。そう、部屋の中をきちんと整頓しておくヤツはバカですな。どこに何があるか、探す側からはすぐに判る。これだけ念入りに散らかってると、書類一枚探すのに、相当かかる。散乱している書類の効用はそれだけじゃない。紙はよく燃えますからねぇ。戸口の酒瓶、中は何らかの燃焼促進剤でしょう？　何かあったら、それを撒いて、ボン！　部屋は一瞬で火の海だ。証拠も何もかも消えてなくなる。上手くいけば、侵入してきた敵も一緒に消えてなくなる。あの若い人は何かあったらそれを実行する気だ。だから、さりげなく、酒瓶の傍《そば》に立っている」

「あんた、面白い人だな。おい！　この人たちの前で芝居は無用だ。お茶、おだししろ」

「へい」

男はさっきと打って変わった精悍《せいかん》な顔つきとなり、きびきびとした動きでパーティションの向こうに消える。儀藤はその背中を目で追いつつ、言う。

「危ない、危ない。下手をしたら、丸焼きにされるところだった」

「警察相手にそんなことはしねぇよ。最近、この辺にも外国人のヤツらとかウロウロしてるんでね」

「ちなみに、お茶は遠慮しておきますよ。あなたがたに借りは作りたくないのでね」

「堅いことは言いっこなしだ。しかし、もうきくべきことはきいただろう？　大人しく帰ったらどうなんだ？」

「先にも言いましたように、本題が済んでいないのですよ。例の五百万のことですがね」

「その件なら、すべて話したよ」

「一つだけ、納得のいかない点があるのですよ。あなたほどの人間が、大人しく素直に五百万を入金してしまうとは思えないんだなぁ」

「それはどういう意味だ？　俺がくすねたとでも？」

「五百万を入金する朝の時点で、あなたは洋太郎氏の事件を知っていた。五百万が消えたこともね。洋太郎氏が殺害された直後、進退窮まっていた甥が五百万を返済。何らかの関わりを考えない方がどうかしていますよ」

鵜戸は否定せず、興味深げに儀藤の言葉を待っている。

「五百万、あなた、まだ持ってるでしょう？」

鵜戸は笑いだした。

「あんたの言ってることはメチャクチャだ。まあ、たしかに俺はそこそこ切れる方かもしれん。この世界もけっこう厳しいからな。何とか生き抜いて、ここにこうしているわけだ。だからといって予知能力があるわけでもない。一年後、礼人のヤツが無罪になって放免されるなんて、考えもしてなかった」

「ちらりとでも考えませんでしたか？　この五百万が、事件の鍵を握る何かに化けるかもしれない。もしそうなったとき、五百万はもっともっと価値のあるものに変わる」

ここでも、鵜戸は否定しなかった。

「あんた警察に置いておくには惜しいよ」

「この稼業も綱渡りの連続でしてね。食い詰めたら、お世話になりますよ」

「そうだな。あんたみたいな人間に、こんな残飯整理みたいな仕事させてんだから、警察も大したことねえ」

「それで、五百万ですが……」

「悪いけど、あんたの買いかぶりだ。金はそっくり、銀行に渡した」

「本当に？」

「ああ」

「嘘でしょう？」

「しつこいな。ないと言ったら、ない！」

儀藤は突然、自分のワイシャツに手をかけると、ビリビリと引き裂き始めた。

「あれぇー！　止めてぇ！」

さすがの鵜戸も、二の句が継げないでいる。それは大邊にしても同じことだ。

「あ、あの、何やってんすか？」

「落ち着いてる場合じゃないよ。襲われたよ。早く警察呼んで」

「い、いや、警察って言ったって……」

パーティションの向こうから、両手に湯呑みを持った男が飛びだしてきた。儀藤の惨状を見て、大きな目を見開いている。

儀藤のシャツは両袖共に半ば千切れかけており、前のボタンもすべて飛んでいる。緩んだネクタイがだらんと垂れ下がり、インナーシャツもめくれ上がっていた。

「さて」

儀藤の動きがぴたりと止まり、何とも嫌らしい笑みが顔全体に広がる。

「もう一度だけ、ききます。五百万、まだお持ちですよね？」

鵜戸はあきれ顔で、ソファに座り直す。

「なるほど。否定すれば、警察を呼ぶ。やって来た警官に、あんたは暴行を受けたと証言する。その情報を得た、警視庁の組織犯罪対策部《ソタイ》は、大喜びでガサ入れに来る……か」

「金銭的な損害をかけるつもりはありません。五百万は少しの間、お預かりするだけで、きちんとお返しします。損な話ではないと思いますが」

「得な話でもねえな」

それまで後ろで控えていた若い男が、鼻息も荒く、大邊たちに向かってきた。大邊は立ち上がり、身構える。

鵜戸が右手を上げ、低い声で言う。

「止めろ。ここでおまえが暴れたら、同じことになるだろう。自前のシャツをダメにしてまでの熱演だ、ここは刑事さんの顔を立ててやろうじゃないか」

「へい」

「それから、金庫に入ってる、例のもの、持ってこい」

「へい？」

「持ってこい、つってんだろ！」

「へい」

男はパーティションの向こうに消える。鵜戸のデスク以外に、金庫もあるらしい。

足を組み殺気を放つヤクザと、ほぼインナーシャツ一枚、臍が丸見えの刑事が向き合っている。コントにしか見えない光景だが、二人の緊張感は、大邊にもヒシヒシと伝わってきた。

男はすぐに戻ってきた。手には、ビニール袋に入った分厚い封筒が二つある。受け取った鵜戸は、テーブルの上にそれを放った。

「持ってけ」

「おお！　ありがとうございます」

儀藤はいつの間にか、手袋をしている。ビニールの袋を恭しくいただくと、足元に置いていたカバンに入れる。

鵜戸が荒々しく立ち上がる。

「いえいえ、用事は済んだろう、帰ってくれ」

「さあ、用事は済んだろう、帰ってくれ」

「いえいえ、今、受け取りを書きますから」

「そんなものいらねえ」

「しかし……」

「警察の手垢がついた金なんて、手元に置きたくもねえ。おまえにやるよ」

「とんでもない。こんなもの貰ったら、警察をクビになってしまう。鑑識の調べが済んだら、きっちりお返しに上がります」

儀藤はカバンをしめると、立ち上がり、礼をした。鵜戸は仏頂面のまま、腕を組んでいる。

「さあ、巡査部長、参りましょう」

大邊は儀藤と共に廊下に出る。儀藤が歩くたび、シュレッダーにでもかけたかのようなワイシャツが、ヒラヒラと後ろにたなびく。儀藤当人は、自分の見てくれなど気にする様子もなく、満足げに一人うなずいている。

「いやあ、良かった、良かった。これで前に進む目処《めど》がつきましたよ」

「金があそこにあるって、どうして判ったんです？」

「判ってなんかいませんよ。ただ、ヤミ金の鵜戸と言えば、けっこうな顔役だ。それだけの男なら、もしかしてと思ったものでね」

儀藤と並んで階段を下りながら、大邊は儀藤に対する印象が変わっていくのを感じた。うさんくさいだけの無能な男と思っていたが、実際はその反対だ。しかも、捜査にかける情熱も本物だ。大邊にとって、この仕事について以来、味わったことのない充実感と爽快感だった。

並んでビルを出る。日の下で見ると、儀藤の様子はさらに悲惨だった。海藻を張りつかせて丘に上がってきた海坊主のようである。大通りに出れば、皆の注目を浴び、職質の対象にもなるだろう。

ふと見れば、さきほど、儀藤に無礼な口をきいた呼びこみの男が、まだウロウロしている。大邊は男に近づいていった。客がつかまえられないのか、男はかなり苛立った様子である。

「何だ、おっさんたち。まだいたのかよ」

「そう、いきがんな。頼みがある」

「テメエ、誰に向かってもの言って……うっ」

大邊は男の腹に軽く一発、お見舞いする。相手がくの字に体を曲げたところで、髪を摑み、人気《ひとけ》のないビルの脇へと連れこんだ。

「……テメエ、こんなことして、ただで……」

張り手を三発かますと、大人しくなった。

「止めて、止めて下さい」

大邊は男のシャツのボタンをはずしていく。

「ちょっと、何してるんすか」

「頼みがあると言ったろ。こいつを貰う」

「え……？　そ、それは」

シャツをはぎ取ると、下には何も着ていなかった。あばらの浮き出た、貧相な体つきである。

「痩せすぎだ。もっと食え」

大邊は立ち上がる。

「テメエ、覚えとけよ」

大邊は一人、通りに戻る。儀藤は相変わらず、千切れたシャツをヒラヒラさせながら、道端に立っていた。大邊はシャツを差しだす。

「こいつを着て下さい」

「これは、ありがたい……が、少々、派手すぎやしませんかね」

「けっこう似合うと思いますよ」

儀藤は苦笑しながら、シャツを着た。

「どうです？」

「ハワイっぽい……かな。海岸でビーチボールでも売っていそう」

「ふむ。まあ、良しとしましょうか」

歩きだそうとしたとき、正面から三人の男がやって来た。真ん中にいるのは、高級スーツに身を包んだ小太りの男だ。生え際はかなり後退しているが、その事実を認めたくないのだろう、両側に残った髪を器用にまとめ、鳥の巣のように、頭全体にふわりと乗せている。鼻の下にチョビ髭を生やし、丸く小さな目が左右に素早く動いていた。両側を固める男たちは、一見してボディーガードと判る。がっしりとした体つきで、黒いスーツは今にもボタンがはじけ飛びそうだ。

三人は儀藤の前でぴたりと止まる。真ん中の小太りが、儀藤のシャツをしげしげと見て言った。

「君と最後に会ったのは一ヶ月前だったと記憶しているが、服の趣味というのは、そんな短期間で変わるものなのかね」

「これは大変な所でお目にかかりましたな。服装については気にせんで下さい。ああ、大邊巡査部長、紹介しましょう、この方、福光万太《ふくみつまんた》郎《ろう》さん。やり手の弁護士でしてね」

その名前を聞き、大邊は体に電流が走る。

本人を前にして、記憶が呼び起こされた。福光は、礼人を無実にした弁護士である。

福光は大邊に興味なげな目を向けると言った。

「あぁ、君が今の相棒君か。まあ、がんばりたまえ。ところで、儀藤君」

形式的な挨拶を済ませると、大邊の存在など自分の視界から弾きだしてしまったようだ。

「君が動いていると聞いたから、嫌な予感がしていたのだよ。星乃礼人をどこにやった？」

「何ですって？」

「とぼけては困る。礼人君を連れだしたのは、君だろう」

「話が見えませんねぇ。彼の居場所を私が知るはずもない。弁護人であるあなたが、徹底的に痕跡を消して回っていたのですからね。できれば、釈放後、詳しい話を聞きたかったのですが、それをあなたはにべもなく拒否したではありませんか」

「だから、強硬手段に出たのだろう」

「よして下さいよ。これでも一応は警察官だ。そこまでの違法行為に手を染めるほど、バカではありません。それよりも、本当に礼人氏が行方知れずになったとしたら、これは大変だ。天下無敵を自称する福光法律事務所の大黒星ですな」

儀藤と福光、この二人に今まで何があったのかは知らない。唯一判るのは、二人が犬猿の仲であることだけだ。

福光は歯を剝きだしにして、儀藤を睨み据える。

「きさま、もし礼人君に手をだしたら、ただでは済まさんぞ」

「今時、娘を想う父親でもそんなセリフ、吐きませんよ。それよりも、私の周りをウロウロしている暇があったら、四方八方、手を尽くして礼人氏を捜すんですな。しかし、礼人氏はどこから姿を消したのですか？」

「詳しくは言えんが、都内のホテルに匿《かくま》っていた」

「なぜです？　無罪判決が出たとはいえ、それほどマスコミが食いついてくる事件でもない。堂々と娑婆《しやば》の空気を吸わせてあげればいいものを」

「その辺は君には、関係ない」

「察するところ、洋太郎氏の遺産でしょう？　相続人は礼人氏と佐智子氏の二人だけ。相続税を引いても、億単位の金が二人には入る。それに加え、もし、礼人氏が洋太郎氏殺しで有罪となれば、相続権を失う。つまり、佐智子氏が一人で全財産を継ぐわけだ」

福光は顔を顰め、肩を落とす。

「釈放されたら億万長者。放っておくことはできんだろう」

「あなたは金に細かいいけすかない男だが、弁護士としては、依頼人の立場で物事を考えることのできる、数少ない人間だと思っています。ですから私は嘘などついていない。知ることがあれば、すぐあなたに報告しましょう」

「判った。頼む」

福光は供の二人を引き連れ、がに股気味にヒョコヒョコと歩き去っていく。

「警察官にとって弁護士というのはやっかいな敵でしかありませんが……」

儀藤は三人の背中を眺めながらつぶやいた。

「福光は、頼りになる男です。金さえ払っておけば、信頼もできる」

「それって、信頼できるとは言わないんじゃあ……」

「そんな福光の許から、礼人氏が姿を消した、これは、気になります」

「礼人を捜して、話を聞きますか？」

「いや、そんなことをしても無駄でしょう。礼人氏の証言については、資料にすべて残っていますし、そもそも、彼は私たちに会いたくないでしょう」

「それも、そうですね」

「さて、私は一度、警視庁に戻ります。戦利品を鑑識に預けてこないと」

「例の札束ですか。しかし、そんなもの持ちこんで、鑑識が動いてくれますか？」

「個人的なツテがありましてね。最速でやってくれるでしょう。巡査部長はお帰りいただいてけっこうですよ。また明日」

「できれば、署以外のところで待ち合わせませんか。あそこはどうも居心地が悪くて」

「なるほど。では、練馬駅の前に九時でいかがです？」

「判りました」

「では」

儀藤は派手なシャツを着たまま、大通りの方へと向かって歩いて行く。

「あれが、死神ねぇ……」

大邊は儀藤に背を向け、逆方向に向かって歩きだす。

5

午前九時ちょうど、儀藤は改札を抜けてやって来た。昨日と同じグレーのスーツ姿で、シャツは白色に戻っている。

「おはようございます。では、参りましょう」

駅周辺は、この時間になっても、出勤する会社員で混み合っていた。流れと逆行する形で、大邊たちはバスロータリーの信号を渡る。

「私が何処《どこ》に向かっているのか、きかないのですか?」

「星乃佐智子、いや、結婚して今は広也佐智子か、彼女の家でしょう?」

「さすが。調べてきたのですね」

「一つ、不思議に思ったことがあるんです」

「というと?」

「なぜ、昨日の内に訪ねなかったのか」

「答えは?」

「旦那の留守を狙いたかった」

「あまり美しい表現ではありませんが、まあ、そういうことです」

バス通りに沿って十五分ほど歩くと、箱形の建物が並ぶ団地が見えてきた。新練馬団地だ。建設されたのは、五十年近く前、高度成長期のまっただ中だ。しかし、かつては庶民憧れの場所であった団地も、時と共に高齢化が進み、団地を含む地域一帯が衰退していくこととなる。

新練馬団地は、そんな中、大規模なリフォームを行い、若い世代の取りこみに成功した。空き部屋も解消傾向にあり、住人の平均年齢もかなり下がったという。敷地内には緑地帯や公園などが整備され、付近にはコンビニ、スーパーなども新設されている。

大邉たちは、団地の正面玄関とも言うべき、巨大なゲートをくぐる。

敷地内は整然と区画されており、同じ外観の建物が並ぶ。それぞれの棟には、番号がふってあるので迷うことはないが、ここまで画一的な光景を見せられると、大邉はどうも居心地が悪くなる。

「俺は下町の出でしてね。狭苦しい長屋みたいな所で育ちました。ごちゃごちゃしてプライバシーも何もあったもんじゃなかった。居心地は決してよくなかったが、こういう所に比べれば、まだましだったのかもしれません」

「それは人それぞれ。住めば都ですよ。ここは今、大人気で、入居のための抽選はかなりの倍率らしいです」

「リフォームしたとはいえ、建物はすべて五階建て。エレベーターもなしですか」

十号棟の階段をえっちらおっちら上りながら、大邊はため息をつく。

「昨日は七階まで上ったでしょう？」

「そのせいで、少々、筋肉痛なのですよ」

四階の外廊下を進み、部屋の前に来る。

「いきなり訪ねて、会ってくれますかね」

「門前払いはないと思いますが」

インターホンを押す。しばらく待たされた後、「はい」と明るい女性の声が響いた。

「警視庁の方から来ました。儀藤と申します。広也佐智子さんにお話がありまして」

インターホンは沈黙する。まもなく、ドアの向こうに人の気配がした。チェーンを外し、鍵を回す音がして、ドアが薄く開く。

怒り、畏れ、嫌悪、そうした感情が混じり合った顔がそこにあった。兄礼人とはあまり似ていない。細面で彫りが深く、薄い唇やつんと尖った鼻先には、伯父洋太郎の面影がある。

「何か？」

「私、こういうものでして」

いつもの要領で名刺を渡す。

「なにこれ。部署名も何もないじゃない」

「私、一人で活動しているもので、部署名もデスクもないのですよ。あ、こちらは、大邉巡査部長です」

佐智子はこちらを見ようともしない。

「それで？　何の用です？」

「我々は伯父様の事件を再捜査している者でして、少しお話を……」

「今さら何言ってるの？」

甲高い声が、外廊下に響く。

「あなたがたのせいで、私たちがどんな思いをしたか、判ってるの？」

「重々、判っているつもりです」

「嘘よ。バカにしないで。兄が伯父を殺すはずがないって、私は何度も言ったのよ。聞く耳すら持たなかったくせに」

「それで、福光弁護士を雇われた？」

「え？」

「福光氏はやり手です。ただ、弁護料も法外だ。よく雇う気になりましたねぇ」

佐智子の頬がさっと赤くなった。

「随分と失礼な物言いですね。兄のために、弁護士を雇うのは、当然じゃありません？」

「伯父様を殺害した可能性もあるのに？」

「それは、裁判が終わってみないと判らないじゃないですか。実際、兄は無罪でしたわ」

「あなたは、その無罪を信じていらした」

「ええ」

「その根拠は何です？」

「だって兄妹ですから。両親を亡くし、兄と私は二人で懸命に生きてきたんです」

「しかし、お兄さんは定職にもつかず、酒や賭け事に溺れ、多額の借金もあった。正直、良い評判はあまり聞きません」

「そ、それは……」

隣の部屋のドアが開き、ゴミ袋を持った女性が現れた。こちらをチラチラとうかがいながら、階段の方へと歩いて行く。サンダルのスタスタという音を聞きながら、佐智子はバツが悪そうに、顔を伏せた。

儀藤は構わず続けた。

「当然、伯父様である洋太郎氏とも諍《いさか》いが絶えなかった。そんな兄でも、あなたは……」

「待って！」

佐智子はドアを開き、中に入るよう、身振りで示した。

「ここでは、人目もありますから」

「ほう、そうですか。では、お言葉に甘えて」

儀藤は無遠慮にズカズカと上がりこむ。靴脱ぎに立ったところで、鼻をクンクンと鳴らした。後に続いた大邊は思わず、「うっ」と手で鼻を塞いだ。柑橘《かんきつ》系の濃い匂いが、部屋中に充満している。芳香剤か何かだろう。かすかに香るくらいであれば良いが、ここまでくると、気分が悪くなる。

「な、何です、これは？」

「すみません、今朝、芳香剤の瓶を割ってしまって。窓を開けているんですけど、全然、匂いがぬけなくて」

「ほう、そうですか」

儀藤は愛想良く微笑み、脱いだ靴をしゃがんで揃えている。彼が脱いだ靴の横には、もう一足、男物の靴があった。夫のものだろう。佐智子は靴脱ぎに靴を並べておくのが嫌な質らしい。余計な靴は一足も並んでおらず、代わりに大きな靴収納用の棚があった。

「こちらへ」

整頓されたリビングに通された。築年数が長いため天井は低いが、内装は完全にリフォームされている。白く明るい壁に、木目調のフローリングだ。大型のテレビの前には四人がけのソファが置いてあった。

儀藤が足を止めた。肩越しに見ると、ソファ前のテーブルに、横倒しになったワイングラスがあり、そこからこぼれた赤ワインが、下のラグに赤黒い染みを作っていた。

部屋自体はリフォームのおかげで綺麗だが、住人は、お世辞にも綺麗好きではないらしい。ベランダに出る窓の前には、洗面器やタオルなど、風呂道具がだしっぱなしになっているし、キッチンのテーブルには、新聞や雑誌、パソコンから印刷したと思われる紙類が散乱していた。

儀藤は「ふむ」と隅々に目を走らせつつ、ソファに座る。目の前のテーブルでは、今もポタリポタリとワインが滴り落ちている。

「ああ、それ、そのままにしておいて。昨夜、一人で飲んでて、こぼしちゃったのよ」

廊下の向こうから、佐智子の声がした。折り畳みの椅子を持ってきた佐智子は、倒れたグラスを戻すこともせず、腰を下ろした。

「兄と折り合いが悪かったというのは、間違いです。たしかに、しょっちゅう喧嘩もしたけれど、何でも話し合える、普通の兄妹でした」

「洋太郎氏はどうでした？　あなたと礼人氏、どちらとも同じように接していましたか？」

佐智子は沈んだ面持ちになり、首を左右に振った。

「兄は、伯父に嫌われていました。お金を借りては踏み倒していたので、当然と言えば、当然なんですけど。あ、だけど、だからって、殺したりはしません。それは絶対です！」

「佐智子さん、お兄さんは無実になったのです。もうそのことについては、心配しなくてもいい」

儀藤はそう言って、わざとらしく、部屋を見回す。

「いいお住まいですね」

「運良く、抽選に当たったものですから……」

そこまで言って、佐智子は儀藤の意図に気づいたようだ。

「ここ、驚くほど家賃も安いんですよ。伯父の遺産は、借金の返済でほとんど使ってしまいました。ある程度の蓄えはありますが、贅沢《ぜいたく》できるほどではありませんから」

「旦那さんは、再度、起業を？」

「ええ、そのつもりです。もちろん、私も応援しています。仕事も探しているんですけど、なかなか見つからなくて」

「となると、お兄さんの無罪判決はショックだったでしょう」

「おっしゃっているのは、兄の相続分のことでしょう？　当然のことですけど、兄の分の遺産には一切、手をつけていません。無罪が確定したわけですから、兄には相続する権利がありま す。借金を返して、新しい生活を始めるチャンスもね。なんでしたら、福光弁護士におききになったら？　そうしたことは、すべて任せていますから」

「なるほど」

儀藤はそう言うと、立ち上がった。

「あなたの言葉を聞いて安心しました。ところで、お兄様のこと、聞いておられますか？」

「ええ、福光さんから連絡をもらいました。いったい、どこに行ったのか……」

「お兄さんは公判中、ずっと無罪を主張されていた。あなたは何回か面会されていますよね。真犯人について、何か話していませんでしたか」

佐智子の顔色が変わった。

「し、真犯人って……」

「お兄さんの無実を信じておられたのでしょう？　ならば、考えませんでしたか？　この世のどこかに、真犯人がいることを」

佐智子はうろたえていた。

「さ、さあ……。兄の無実を証明するのに必死でしたから……」

「では、お兄さんは何も？」

「ええ」

「ところで、ご旅行にでも行かれるのですか？」

「え？」

「ほら、これ」

儀藤はキッチンテーブルにあった、紙を取る。それは、レンタカーの申込用紙だった。

「ええ。兄も戻ってきましたし」

「それは、いいですな。お邪魔しました」

佐智子を残し、リビングを出ていく。

「真犯人が見つかったら、一番にお知らせしますよ」

6

儀藤は口を閉じたまま、スタスタと早足で進み、駅前へと戻ってきた。そのまま駅構内に入るのかと思っていると、ひょいと左に曲がり、高架下にあるコンビニに向かっていく。飲み物でも買うつもりなのか。大邊は黙って後に続く。

広い店内は空いており、雑誌を立ち読みする男性が二人いるだけだ。レジでは、中年の男性店員がぼんやりとした視線を、大邊たちに向けている。

儀藤は微笑みながら、右手を上げ、レジに近づいていった。

「広也さん。広也乙彦さんですな」

店員の顔にはありありと不審な表情が浮かんでいた。そんなことにはお構いなし、儀藤はレジを挟んで、店員と対峙《たいじ》した。

「そんな顔をしないで。もう奥様から、妙な二人組の刑事が訪ねてきたと、連絡が入っているでしょう？　ご安心下さい、我々が、その妙な二人組です」

儀藤はうやうやしく名刺を差しだす。

「警視庁の方から来ました」

所属のない名刺のことも、妻から聞いているのだろう。手に取った名刺を見つめながら、目を細めた。

「我々の目的も、奥様からお聞き及びでしょう。お仕事中恐縮ですが、少しお時間をいただきたいのです」

広也は困り顔で逡巡していたが、儀藤がその場を動かないと悟るや、レジ向こうにある、「関係者以外立入禁止」と書かれたドアの向こうに消えた。おうかがいを立てねばならない誰かがいるのだろう。

広也はすぐに戻ってきた。無言で商品の搬入口を指す。商品が雑然と並ぶ細い通路を抜けた先は、店裏の駐車場だった。疲労の色が濃い広也は、店の壁にもたれ、儀藤を見た。

「洋太郎氏の事件の再捜査をされているとか」

「ええ。裁判の結果を受けましてね、真犯人を探しているようなわけで」

「しかし、私の知っていることは、一年前の時点ですべてお話ししていますが」

「それは承知しています。ただ、状況は大きく変わっておりますし、新事実なども踏まえ、あらためておききしたいことがあるのですよ」

「新事実？」

広也の顔が、みるみる蒼くなっていった。

「おや、広也さん、どうしました」

「い、いえ、べ、別に」

「酷く顔色が悪い。私ども、何か気に障るようなこと、言いましたか？」

「そのう、あまり時間がないんです。すぐ仕事に戻らないと」

「時間は取らせません。話は単純明快ですから。それにしても、あなたが、このような所で、しかもアルバイトとして働いていらっしゃるとは、意外でした」

「それはつまり、洋太郎氏の遺産をたっぷり相続したのだから、もっと豪勢な暮らしをしていてもいいはずだってことですか？」

「そこまで明け透けに言うつもりはありませんが」

「言い方を変えても、同じことでしょう。まあ、世間の人は皆、同じです。刑事さん相手に見栄を張っても仕方ないですから、有《あ》り体《てい》に申し上げますが、ご承知の通り、洋太郎氏が亡くなったとき私には多額の借金がありました」

「事業に失敗なさったとか」

「ええ。いろいろと不運が重なりましてね。一生かけて返済していくつもりでしたが、洋太郎氏の遺産と理解ある妻のおかげで、何とか全額返済することができました。ただ、残ったお金は思った以上に少なかったんですよ。相続税もありましたし、洋太郎氏が住んでいた土地家屋も、あんなことがあったせいで高くは売れませんでしたから。ですが、妻も理解してくれていますし、今、こうしてがんばって、また再起をかけるつもりでいるんですよ」

広也は、どこか作りものめいた笑みを浮かべ、話は済んだとばかりに、店の中へ戻ろうとする。

「待った、待った」

儀藤が進路を塞ぐ。

「広也さん、あなた、洋太郎氏が殺害された日の午後九時前後、どちらにいらっしゃいましたか?」

「今さら、どうしてそんなことをきく?」

「当時の証言を変えるつもりはありませんか」

「変えるも何も……。私にその必要はない」

「あなたはずっと自宅の書斎にいらした。既に同居されていた佐智子氏もご在宅でしたが、寝室でお休みになっていらした。起きたのは洋太郎氏の件で警察から連絡のあった十時過ぎ」

「ええ。その連絡は一緒に受けました」

「ただ、かんじんの午後九時前後、お互い、アリバイがないわけですな」

「ええ。ただ、もうご承知でしょうが、洋太郎氏は私たちに援助することを決めて下さっていた。だから、我々に動機はなかったのです」

「それどころか、洋太郎氏が亡くなられたことで、かえって、生活は厳しくなった」

「今の私を見ていただければ判るでしょう」

「ええ、ええ、心中お察ししますよ。ただ一つだけ、判らないことがあるのですよ」

儀藤は内ポケットから一枚の紙を取りだす。何やら細かな文字がびっしりと印字されている。

「詳細ははぶきますがね、事件当夜、蔵町金融に持ちこまれた五百万円。あなたなら、お判りですよね？」

広也は、目を伏せる。

「問題の金は、礼人氏が洋太郎氏を殺害した際に奪い取り、正体不明の人物に依頼し蔵町金融に持っていかせた——ところうなっている。ただ、礼人氏のアリバイが証明され無実となると、少々おかしなことになってくるのですよ。殺害犯が礼人氏でなかったとすると、真犯人はなぜ、それだけの大金を、わざわざ他人の借金の返済のため、蔵町金融に持っていかせたのか」

「さあ、そんなこと、私にきかれても。もう一年以上前のことだし」

「それがそうでもないのですよ」

「え？」

「一年たっても、残っているものは残っているのですよ。私共は、事件当夜、蔵町金融に持ちこまれた五百万を見つけました。それも、封筒ごと」

「……そ、そんなバカな。札がそのまま残っているはずがない」

「世の中、バカなことってのは、まま、起こるものです。昨日、封筒と札を回収しましてね、鑑識の尻を叩いて鑑定させました。するとなんと、封筒からは、意外な人物の指紋が出てきたんですなぁ。あなたのです」

広也は口の中で「いや、そんな」とつぶやきながら、首を傾げる。

「蔵町金融で、金を受け取った人間とも話をしてきました。金を持ってきたのは、帽子を目深《まぶか》にかぶり、マスクをした、誰が見ても怪しい人物だった。ただ、封筒はすぐ廃棄されると考えたのか、手袋はしていなかったそうです。事件当夜の午後九時半ごろ、蔵町金融に五百万を持ちこんだのは、あなたですね、広也さん」

「い……いや……」

「否定されるのであれば、指紋のわけを聞かせて下さい」

コンビニのドアが開き、十代と思《おぼ》しき男が姿を見せた。

「おーい、広也さん、そろそろ戻ってくんない？」

大邊は若者を押しとどめ、身分証を示した。びっくり顔の男に向かって、大邊は首を振り、店に戻れと顎で指示した。男は無言で従った。

儀藤は言った。

「どうです？　広也さん」

広也は靴の踵で地面を蹴りつけ、「くそっ」と悪態を繰り返した。

「なんで、あいつが無罪なんだよ」

「当夜のことを聞かせていただきましょうか」

「頼まれたんだ。金を持っていってくれって」

「誰に？」

「洋太郎だよ」

儀藤は大邊を見て、ニヤリと笑う。自分の手柄を自慢する子供のような表情だった。

「礼人はヤミ金の取り立てに追い詰められていた。八百万の借金のうち、半分は返さないと、いよいよやばいってことだった。洋太郎は礼人の頼みをつっぱねてきたが、結局、放ってはおけなくなった。それで、当座、ヤミ金を大人しくさせることができる五百万を、私に持っていかせたのだ」

「なぜ、あなたに？」

「洋太郎はあれで、かなり臆病でね。蔵町金融のある場所、知っているだろう？　あんな所に、一人で出かけていくことなんてできない。かといって、五百万という大金を預けられるほど、信用できる友人もいない」

「信用できるのは、身内だけですか。特に、あなた」

「洋太郎は私への援助を表明してくれた大恩人だ。彼の頼みであれば、私は何でもきくつもりでいた」

「五百万をネコババしたりもしない」

「当たり前だ。そんなことをすれば、もっと大きな儲けをふいにしてしまう」

「適切な人選ではあったわけですね。ではなぜ、あの日、あの時間に、出かけていったのですか？」

「返済はなるべく早くと言われていた。だから、金を受け取ってすぐに出かけた。時間については、本当に偶然だ。まさかあのとき、洋太郎が殺されていたなんて……」

大邊は広也の証言を吟味する。今のところ、辻褄はあっている。

「とにかく、私は洋太郎殺害とは無関係だ」

儀藤が両手を大きく広げた。

「無関係ですって？　では、あなたはなぜ、今回の件を今まで黙っていたのです？」

「そ、それは……」

「今さら口ごもることではない。単純明快だ。口をつぐむことによって、礼人氏に殺人犯の汚名を着せたのだ」

「い、いや、私はそんな……」

「最初からそんなつもりはなかっただろう。しかし、状況が明らかになるにつれ、あなたの頭は回転し始めた。五百万の件を黙っていることで、警察の目が礼人氏に向くことに思い至った。現場から消えた五百万がすぐさま、借金の返済に使われた。動機付けとしてはばっちりだ。そんなことをする理由？　決まっているじゃないか、洋太郎氏の遺産を一人じめ、いや、奥さんと二人じめか。礼人氏が有罪となれば、相続権を失うからね」

広也は無言でうなだれたままだった。この態度が、儀藤の勝ちを示していた。

「で、でも、私は洋太郎を殺してはいない」

「それは認めますよ。ただ、あなたがやったことは、警察の捜査を妨害する行為だ。罪に当たる。覚悟しておいた方がいい」

「そ、そんな……私はただ……。ああ、妻に何て言えばいいんだ」

「悩む必要はない。奥さんには、私どもが報告しておきます」

7

再び新練馬団地を訪れた儀藤と大邊は、階段を上がり、広也佐智子宅のインターホンを押す。

「警視庁の方から来ました、儀藤と大邊巡査部長です」

「また、あんたたち？　さっき散々、話したでしょう」

「それが、新事実が出てきたものですから、ほんの少しだけ、お時間を下さい」

ドアが開いた。目を吊り上げた佐智子が、雑巾を手に立っていた。ドアの隙間からは芳香剤の濃厚な匂いが漂い出てくる。

「おや、お掃除中でしたか」

「これでもいろいろと忙しいの。で、何？」

「ここでは、人目もありますから……」

「いいの。ここで言って！」

「できれば、中の方が……」

「しつこいわね、あんた。いい加減にしないと、上司に報告するわよ！」

「残念ながら、上司はおりません。すべて私一人の裁量に委《ゆだ》ねられている部署でして」

「じゃあ、苦情は誰に言えばいいの？」

「おりません」

「は？」

「警視庁で私の名前を出しても、皆、知らないと言うでしょう。私はそういう所から来たのですよ」

陰のある口調で言うと、佐智子の顔には、哀れみや怒り、軽蔑など、様々な負の感情が入り交じった表情が浮かび上がっていた。

「靴脱ぎに、靴が一足だけ出ていますね」

儀藤が言った。佐智子は反射的に足元を見る。

「綺麗にされていますなぁ。泥汚れ一つない。靴脱ぎに靴を置いておきたくない派ですな。私の友人にもいるんですよ。靴はすべて、このような収納棚に入れて……」

儀藤は佐智子を押しのけるようにして、中へ入ろうとする。佐智子の「ちょっと！」という声を無視して、儀藤は靴の収納棚を開けた。中には、女性用の靴が整然と並んでいる。一番下段にあるのが、広也のものなのだろう。革靴、スニーカーが数足、申し訳程度に並ぶ。そのうちの一足に、大邊は目を留めた。中ほどにある、履き古したスニーカーだ。メーカー名も判らない。靴紐はほつれ、所々、破けてさえいる。きっちりと手入れされたほかのものとは、対照的だ。

佐智子が金切り声を上げる。

「いったい、何のつもりなんですか。私の許可もなく、勝手に上がりこんで。警察に電話します!」

「どうぞ、どうぞ」

儀藤は靴を脱ぎ、上がりこんだ。

「大邊巡査部長」

呼ばれたのを幸い、大邊も上がりこむ。背後では、毛を逆立てた猫よろしく、佐智子が怒りをみなぎらせながら身構えている。

「巡査部長、この部屋をどう思います」

「すぐに警察を呼ぶべきかと」

佐智子が叫んだ。

「そらごらんなさい。部下の方がずっと良識があるわ」

「いや、それはどうでしょうか。巡査部長、警察を呼ぶ根拠は?」

「靴脱ぎの靴、部屋にこもった芳香剤の匂い、窓際にある洗面器、テーブルのレンタカー申込用紙、ラグのワインの染み」

儀藤が手を打ち鳴らす。

「お見事です。さすがですねぇ」

佐智子の金切り声が割りこんでくる。

「いったい、何のことなの？　いきなり入って来て、家の中のものをジロジロ見ないでちょうだい」

儀藤が答える。

「奥さん、お許しを。これも職務でしてね」

「何が職務よ！　ただの嫌がらせじゃない。さっさと、出ておいき！」

「判りました、判りました。帰ります。帰りますから、その前に、巡査部長の疑問にだけ、答えていただけませんか？　まず、そこに靴が一足だけ出ているのは？」

「主人の靴をしまい忘れただけよ」

「しかし、収納棚はいっぱいですね」

「仕方ないでしょ。入りきらないんだから」

「旦那さんの靴の中に、一足だけ、酷く汚れているのがありますね。あれは……？」

「捨てようと思って、忘れていただけです」

「忘れていた？　靴が一足、入りきらなくなっているのに？」

「そんなこと、どうでもいいでしょう！」

「では、ラグのワイン染みです。あの赤ワインは、あなたがお飲みになった？」

「そうよ」

「昨夜？」

「そうよ。さっき言ったでしょう。ねえ、いくらなんでもしつこすぎるわよ。警察ではなくても、マスコミに訴える手だってあるんですからね」

「申し訳ありません。これが、本当に最後です。そこの洗面器、ご自宅のお風呂、故障されているのですか？」

「いえ、た、たまには、銭湯もいいかなって。この団地の向こうに、まだ営業している銭湯があるのよ。そこに行こうかなって」

「なるほど、なるほど。よく判りました。いや、奥さん、いろいろと失礼しました」

「用事が済んだのなら、出て行って！」

「奥様はああおっしゃっていますが、大邊巡査部長、君の考えはどうです？」

「別の可能性を考えています」

「ほう、それはまた興味深い。それを聞いてから、退散するとしましょうか」

「奥さん、最近、部屋の模様替えなどされましたか？」

「そんなこと、するわけないでしょう」

大邊はリビングに上がりこみ、テーブルの脇にしゃがむ。

「このラグ、良質のものだけあって、フカフカだ。だから、ソファやテーブルを置くと、その跡が残る。ほら、ここに、テーブルの脚の跡が」

ラグの毛が足の形に丸く押しつぶされ、跡となっている。

「この跡は、時間がたてば、元に戻ります。それがいまだ残っているということは、テーブルが移動したのは、この数時間内。恐らく、最初に我々がここを訪れた少し前でしょう。となると、そこにあるワイン染みがおかしなことになる。奥様の話では、ワインを飲んだのは昨夜だった。その時点で、テーブルはもっと左よりにあったはずだ。そこでグラスが倒れれば、当然、染みの位置もずれてくる」

儀藤が染みの横に膝をつく。

「これが、ワインの染みならね」

大邊は続ける。

「あなたはその染みの正体を隠すため、テーブルを移動し、飲みたくもない赤ワインを開け、グラスからこぼれて染みがついたように偽装した。では、何のために、そんなことをしたのか。靴箱には、余計な靴が一足。それは、あなたのものでも、旦那さんのものでもない。つまり、こちらには最近、来客があり、その客はいまだ帰らず、ここに残っている。ではこの家のどこにいるのか」

大邊は洗面器と風呂道具一式を示す。

「風呂があるのに、銭湯に行こうとする。気分を変えるためというあなたの言い分ももっともだが、使いたくても使えないからとも考えられる。さらに、レンタカーの申込用紙。旅行に行くとあなたは言ったが、本当の目的は、もっと別にあるのではないですかね」

儀藤はリビングを横切り、廊下に出た。そして、右側にあるドアを開けた。立ちこめた芳香剤の匂いに混じって、魚の腐ったような、嫌な臭いが漂ってきた。儀藤は黙って、風呂場のドアを開ける。

浴槽の中には、血にまみれた男が、素っ裸で押しこめられていた。

「芳香剤は、この臭いを消すためだったのですね」

8

「遺体は星乃礼人と確認されました。包丁でひと突き、凶器は刺さったままだったそうです」

大塚東署の物置部屋で、大邊は儀藤と向き合っていた。儀藤の許には、佐智子に関する情報が次々と集まってきているようだ。携帯の「ポロリロリン」という着信音が、ひっきりなしに奏でられている。大邊はたずねた。

「あんなことになった原因は一体何です？　佐智子は礼人のことを案じ、弁護士を雇った。そのおかげもあって、礼人は無罪になった。嘘ばかりの事件ですが、兄妹仲が良かったということだけは、本当のことだと思うのですが」

「金は人を変えますから。佐智子氏としては、礼人氏に渡る金がどうしても欲しかった。佐智子氏は、礼人氏を自宅に呼びつけた。その際、福光たちにも内緒にするよう申しつけた。当初の計画では、レンタカーに乗せ、人気のない場所まで行き、自殺に見せかけて殺す予定だったそうです。ただ、あの部屋で話をしている間に、礼人氏が佐智子氏の企《たくら》みに気がついた。それでもみ合いとなり、カッとなった佐智子氏はその場で凶行に及んだ」

「芳香剤もワインも、その場の思いつきですか。旦那は何も気づかなかったんですかね」

「彼は昼間のコンビニのほか、居酒屋で深夜までバイトをしているらしい。家に帰ってくるのは、真夜中。風呂にも入らず、眠ってしまうのが常だったようですよ」

「死体が部屋の中にあっても、気がつかずか」

「佐智子氏は取り調べ中も、礼人氏のことを悪《あ》し様《ざま》に言って、正当防衛すら主張しているようです。取り調べに当たっている捜査員も、ほとほとあきれているようでした」

「死体、どうするつもりだったんですかね。解体して、運びだそうとしてたのかなぁ」

実行可能とはとても思えない。

「まあ、あとは捜査一課がすべて引き受けてくれます」

そのとき、ドアがノックされた。顔をだしたのは、受付の女性警察官だ。

「あの、こちらにお客様が見えているんですけど……」

儀藤が答える。

「ああ、そこの廊下で待っていてもらって下さい。申し訳ないが、椅子を用意して、座ってもらって」

ドアが閉まるのを待って、大邊は言った。

「肝心の洋太郎殺しについてですが、やはり、広也夫妻による犯行ってことなんですかね。一課ではそう見ているようですが」

遺産を一人じめするため、伯父と兄を一気に葬ろうとした計画――。

「いや、それはないでしょう。あの二人に、そこまでの計画はできないと思うし、洋太郎氏が広也夫妻に援助しようとしていたのは、事実でしょう。だから、一年前の時点で、二人に洋太郎氏を殺す動機はない」

「となると、誰なんですかね」

儀藤はまたも、ニヤリと笑う。

「蔵町金融から押収した金、鑑識に見てもらったでしょう？」

「ええ。だから、広也に行き着くことができた」

「実は、もう一つ、面白い事実がありましてね。封筒には広也氏の指紋があった。ところが逆に、お札にはあるものが付着していなかったのですよ」

「それは、何です?」

「松田吉彦氏の指紋です」

「松田……ああ、あの銀行員。え? 彼の指紋がない?」

「洋太郎氏の担当である彼は、銀行を出る前、自分で数えたと言いましたよね」

「ええ。たしかに聞きました」

「ならば、すべての札に、彼の指紋がなければならない。ところが、それがない」

新しい事実だ。しかし、それが何を意味するのか、大邊にはまだ判らない。

「広也氏が蔵町金融に持っていった五百万ね、あれと松田氏が持参した五百万は、違うものなんじゃないですかね」

「つまり、あの日、洋太郎の周りには、五百プラス五百で、一千万の現金があったということですか?」

「そう考える方がしっくりくるでしょう? 洋太郎氏が広也氏に渡した五百万は、銀行に預けていない、つまりは裏の金だった。なぜそうしたのかは判りませんが、銀行からは直接、おろさなかった。だから、松田氏の指紋はついていない」

「辻褄は合いますけど……だとすると、今度は松田が持っていった五百万が問題になりますよ。その金はどこに消えたんです?」

「真犯人が持ち去ったんじゃないですか？　洋太郎氏殺しですがね、礼人氏や佐智子氏が絡んだため、遺産狙いの事件として見られてきましたけど、実は、もっと単純な、ただの行きずりの強盗殺人事件なのではないかと」

「行きずり……？」

「それは少し言いすぎかな。真犯人は、最初から、五百万が狙いだった。ただ、家に侵入したところで、洋太郎氏と鉢合わせ、結局、殺すことになってしまった」

もし儀藤の言うことが本当ならば、当時の捜査方針は、最初の一手目から間違えていたことになる。儀藤は足を組み、愉快そうにニヤニヤ笑いながら、続けた。

「ちょっと考えてみましょうよ。あの日、あの家に五百万円があることを知っていた人間はごくわずかです。その中で、まず家の中の間取りなどをよく知っている人物。屋内をあれこれ物色した跡はなかったですからね。次に、合い鍵を作ることができる人物。無理に侵入した痕跡はなかったですから。そして、洋太郎氏が知っている人物。顔を見られたため、殺害に及んだわけですから。それらの条件に当てはまる事件関係者というと……」

「……一人、います」

「では、そろそろ入っていただきましょうか。お待たせしました。どうぞ、お入り下さい。金本銀行本店、お客様係、松田吉彦さん」

9

儀藤と大邊にあてがわれた物置部屋が、元の物置部屋に戻ったのは、深夜零時を回ったころであった。テーブルと椅子を総務課に返却し、廊下の隅に積んである段ボール箱や掃除用具一式を中に入れる。

十五分ほどの作業で、儀藤のいた痕跡は綺麗になくなってしまった。

松田の引き渡しは、呆気ないほど静かに行われた。怒号も祝福も、挨拶すらなく、一課の人間は、松田を連れていった。

儀藤の携帯は、相変わらず、「ポロリロリン」と音をたてる。儀藤に情報を流してくるのは、いったい、どんな人物なのだろうか。

画面を眺めながら、ぽつりぽつりと儀藤は言う。

「松田の息子が医学部を受験することになり……まあ、裏金が必要になった。それが動機のようです。本人は魔がさしたと涙ながらに自供しているそうですが、どうですかねぇ。人一人を殺した上、無実の人間が逮捕されたというのに、涼しい顔で仕事を続けていた男ですから」

儀藤は携帯をしまうと、大邊に頭を下げた。

「短い間でしたが、お世話になりました。おかげで、迅速な解決が図れましたよ」

「いえ、こちらこそ」

頭を下げる大邊の胸中には、一抹の寂しさがあった。死神と呼ばれる男と行動を共にし、常識の外にある世界を体験した。自分の警察官人生は、今や崖っぷちだが、今回の経験があれば、何とか生きていけそうな気もする。

カバンを提げた儀藤が言った。

「私がなぜ、死神と言われるのか。あなたは、指名された相棒のキャリアが終わるからだと言った。本当のところは、少し違います。私が死神と呼ばれるのはね、多くの人の人生をまさに死神のごとく壊していくからですよ」

はっとした。

今回の件では、三人の逮捕者、新たに一人の死者が出た。広也夫妻は共に逮捕。礼人も死亡したため、星乃家を継ぐ者はいなくなってしまった。そして松田の逮捕。松田の家庭も、もうおしまいだろう。裏金による入学がばれた息子も早晩、大学を追われるに違いない。

儀藤は言う。

「金本銀行も大打撃でしょうしねぇ。過去の事件を掘り返すことは、多くの犠牲を生む。得をする者が誰もいないケースもある。まさしく、今回のようにね。だから、死神です」

儀藤は寂しく笑って、白い封筒を大邊に差しだした。

「今回の件で、あなたへの風当たりもきつくなるでしょう。しかし、部課長や署長がかばってくれれば、乗り切れると思います」

「かばってくれると思いますか？」

「くれますよ。では。もう二度と会うこともないでしょう」

儀藤は右手を上げると、署を出ていった。

一人残された大邊は、封筒を開く。中には写真が二枚入っていた。一枚は直属の上司、山田課長だった。路地裏で、山田と中年男性が会話している。男は貿易会社の社長であり、麻薬密輸の疑いがかけられていた。そう言えば、先日、大がかりなガサ入れをしたが、完全な空ぶりに終わったと聞いた。情報もれの疑いもあると誰かが言っていたが、なるほど、こういうことか。

二枚目は牛島署長だった。牛島は女装して、派手な顔立ちの半裸の女性に抱きついている。

この二枚があれば、二人を社会的に抹殺することができる。なるほど。そういうことですか、局部まで丸だしの写真だった。

儀藤警部補。

愉快だった。笑いが止まらなくなった。人気のない署内で、大邊は一人、笑い続けた。

死神の手

1

後部座席の隙間に手をつっこみ、中を探る。異物の感触はない。

三好若奈《みよしわかな》は手を抜くと、もう一度、ミニパトの車内を確認する。自分が納得するまで、気を抜いてはならない。運転席、助手席の下、ハンドル、バックミラーを目で追っていく。

問題なし。納得したところで、パトカーを降りた。すぐ傍《そば》には、緊張した面持ちの後輩田岡《たおか》美鈴《みすず》巡査が立っている。若奈が小さくうなずくと、ホッとした様子で肩の力を抜いた。若奈自身も緊張を解き、後輩に笑いかける。

「ご苦労様。明日は非番だったわね。ゆっくり休んで」

「ありがとうございます。でも、別に予定ないからなぁ。寮でゲームでもしてます」

美鈴は警察官になって二年目、若奈がずっと教育係として面倒を見てきた。丸顔で目が大きく、どこか愛嬌がある。それでいて、肌が白い痩せ型で、口元から首筋にかけてのラインなど、若奈から見てもうらやましくなるほどの色気があった。二人で交通取締をしていても、男性の目がまず引きつけられるのは、美鈴だ。

若奈はパトカーのドアを閉めながら言った。

「この間、ちょっと気になる人がいるって言ってたじゃない？　その後、どうなったの？」

「かすりもしませんでした。公務員って言ってたんですけど、警察官だってすぐばれちゃって」

美鈴は自身の二の腕を揉む。

「そんなに逞《たくま》しくなったかなぁ」

「雰囲気だね。気づかないうちに、普通とは違う立ち居振る舞いが身についちゃってるのよ」

「あ、ということは、私、少しは警官らしくなったってことですか」

「前向きね。心配して損した」

「少しは心配して下さいよぉ。それより、先輩はどうなんです？　署長から紹介されたっていう……」

「だから、どうしてその話が広まってるの？　署長からはトップシークレットだって……」

「この会社の中で、隠し事なんて、できませんよ」

「参ったな」

「本庁の警視でしたっけ？　公安課？　名前は立石《たていし》」

「警務課の課長よ。警察一家の三男。兄二人に比べたら、大分、スケールが落ちるんだけど」

「上二人は察庁でしたよね。すごいなぁ。お祖父《じい》さん、お父さんが警視正。玉の輿《こし》ってヤツじゃ……」

「そこまで。定時までに報告書を上げること」

「はい」

八王子中央警察署は、建物の裏に駐車場がある。若奈は半ばうんざりとした気持ちでその場を離れ、裏口から六階建ての署に入る。交通課のある三階までは階段だ。

署長直々《じきじき》の見合い話の件が漏れてから、同僚に限らず、皆の視線が痛い。

たまたま若奈を見かけた立石課長が、警察一家のコネを使って、見合いを持ちかけてきたというのが真相なのだが。

今のところ、若奈に彼氏はいない。であるから、見合いを断る理由もない。断るどころか、はっきり言って美味《おい》しい話ですらある。

でも……なぁ。

ためらう理由は二つ。一つは立石本人に対する感情である。本人とは二度会っただけだが、寡黙で何を考えているかよく判らない。話題といえば警察の仕事のことか、立石家の自慢話ばかりだ。二度目に会ったときは、兄二人の愚痴を散々聞かされた。顔立ちは悪くないが、異性として一緒にいたいという感情は、どうしても湧いてこない。

もう一つは仕事のことだ。若奈は自分の仕事に誇りと自信を持っていた。結婚後も仕事は続けたいと考えている。しかし、見合い話を受けた場合、その望みはかなえられそうもない。警察エリートとして将来を嘱望《しょくぼう》されている者の妻が、東京郊外の交通課で、日夜切符を切っている――。多分、やんわりと退職を勧められるだろう。あるいは、まったく毛色の違う部署への異動だ。

ではきっぱりと断ったらどうなるのか。署長経由の見合い話を断ったとなれば、警察には居づらくなるだろう。早晩、退職となるに違いない。

参ったなぁ。

考えに没頭するあまり、つま先を階段の縁に引っかけ、転びそうになった。

「ぬわぁぁ」

ちょうど踊り場にやって来た課長の及川《おいかわ》に、抱きつくところだった。危ういところで踏みとどまった若奈は、一つ大きく息をつくと、課長に頭を下げた。

「申し訳ありません」

定年を再来年に控えたこの穏やかな課長は、苦笑しながら言った。

「今のは、転びたくない一心で出た悲鳴かね、僕に抱きつきたくなくて出た悲鳴かね」

「いえ……その……申し訳ありません」

「君に伝えておかねばならないことができてね。ちょっといいかい」

及川は廊下の端にある休憩室に若奈を連れて行った。元は喫煙スペースだったのだが、前署長のとき、鶴の一声で全面禁煙となった。灰皿は撤去され、今はヤニに汚れた長椅子が二脚、ぽつんと置いてあるだけになった。訪れる署員もおらず、いつも人気《ひとけ》がない。人に聞かれたくない話をするには、最適な場所だった。

「波多野一《はたのはじめ》の件、覚えているね」

「当然です」

「君は捜査に関わっていた」

「はい。波多野氏の件は当初、死亡ひき逃げ事案と見られていましたから、私も応援として臨場を」

「その後、事故他殺の両面捜査となり、結果、妻である百合恵《ゆりえ》が逮捕された」

「私は応援として捜査本部に留《とど》まるよう指示されました。その後は、容疑者が女性であったこともあり、移動や手洗いの付き添い……」

及川はさっと右手を上げ、若奈を制した。

「その百合恵に無罪判決が出た」

「はい、昨日、聞きました」

「公判の状況などは聞いていたかね？」

「いいえ、そうした情報は一切。無罪判決が出たというのも、寝耳に水でした」

「僕も詳しいわけじゃないんだが……」

及川は意味ありげに、上目遣いに若奈を見る。若奈は覚悟を決め、腹に力を入れた。

何かよからぬことが進行している。そして、自分はそれに巻きこまれようとしている――。

警察官としての直感だった。

及川はどこか申し訳なさそうな表情で、続けた。

「波多野百合恵は、取り調べ初日に自供した。その態度に不審な点はなく、証言の辻褄もほぼあっていた。状況証拠も揃っていたし、まあ、詰めの捜査が多少甘くなったのは否めない。それでも、まさか無罪とは」

「具体的に何がまずかったのでしょうか」

「それを言うのは、立場上ちょっと……」

「新聞などでは、自白の信用性が焦点とのことでしたが」

「いずれにせよ、心の準備だけはしておいた方がいいと思ってね」

「準備って、何のですか？」

「死神って聞いたことがあるか？」

「……何かで聞きました。刑事事件で無罪判決が出た場合、その事件の再捜査をする人がいるとか何とか」

「それが、死神だよ」

「……今回の件でも、死神が動くと言うのですか。でも死神なんて、ただの噂ですよね。まさかそんな部署が本当に……」

「死神は捜査に当たる際、その事件に関わった警察官を一人、選ぶと言われている。その指名には絶対に逆らえない。逆らえば、即免職だ。しかし、死神の相棒となることはつまり、警察官としての死を意味する。無罪判決は検察の敗北だが、同時に警察の敗北でもある。死神はそんな警察の傷を容赦なく抉《えぐ》りだして白日の下に晒すのだよ。そんな人間の相棒を務めた者は、もう誰からも信用されない。警察組織の中では生きていけなくなるのだ」

若奈は、課長の話を呆然として聞いていた。

「そ、そんな、まさか……」

廊下を来る革靴の足音が響いてきた。音の特徴で、すぐに誰か判った。菅野《すがの》副署長だ。勤続三十七年。誰からも慕われ、誰からも恐れられる男である。

足音は、若奈のすぐ後ろで止まった。

「三好巡査長、署長室まで来るように」

若奈が振り向くより早く、菅野はこちらに背を向けていた。若奈は及川の顔を見たが、その目はもう若奈の顔を見ていない。視線は哀れみをたたえたまま、茶色い染みの浮き出た床の一部に固定されていた。

菅野の冷たい声が響いた。

「巡査長、何をしている」

「はい、申し訳ありません」

課長の前を離れ、副署長の後を追う。こうなることを事前に知らせてくれたのは、精一杯の心遣いなのだろう。ならば、ありがたくお受けするしかない。

若奈は気持ちを切り替え、顔を上げた。

署長室は五階にある。エレベーターもあるが、署長以外は階段を使う。誰の命令でもない。暗黙の了解というやつだ。

菅野は署長室のドアをノックする。

「菅野副署長、三好巡査長、入ります」

「失礼します」

背筋を伸ばし、頭を決められた角度に下げた。

署長は苦虫を噛みつぶした表情で、デスクの奥に座っている。そしてもう一人、風采の上がらない小男が来客用のソファに腰をおろしていた。頭は薄くなり、小太りで皺《しわ》のよったスーツを着ている。今どきあり得ない黒縁丸メガネの奥から、粘着質な視線が絡みついてきた。

うわっ無理……。

若奈は顔を背ける。しかし副署長は、冷たい声と共に、その男の前へと若奈を誘《いざな》った。

男は腰を曲げ、恭しい手つきで名刺を差しだした。

「警視庁の方から来ました」

名刺には「警部補　儀藤堅忍《ぎどうけんにん》」とだけ記されている。所属も連絡先も何もない。

若奈はとまどうばかりだった。菅野の助けを求めるが、彼もまた目を伏せたままだ。

「交通課の三好若奈巡査長です」

敬礼をしようとしたが、儀藤が手を上げて止めた。

「どうも敬礼が好きではありませんでして。詳細はもう聞いておられますか」

上官であるにもかかわらず、やけに口調が丁寧だ。そのことが、かえって若奈を不安にさせる。

「い、いいえ、まだ何も」

「そうですか。しかしまぁ、交通課長から、何か聞いておられるかもしれませんね」

儀藤はニヤリと笑う。

「三好巡査長、ただいまよりあなたは交通課の任務を解かれ、私の指揮下に入ります。署長も了解済みです。無論、この件であなたが不利益を被《こうむ》ることはいっさいありません」

「あの、急にそんなことを言われましても……」

「あなたは私と共に、波多野一殺害事件の再捜査を行うのです。なぁに、さほど時間はかかりませんよ。まぁ、短い間ですが、よろしくお願いします」

儀藤は右手を差しだした。素性が判ったところで、彼への生理的嫌悪は消えていない。それでも、署長、副署長の前で、握手をはねつけるわけにもいかない。

若奈は平静を装いつつ、手を軽く握りかえした。湿り気のある、生温かい手だった。強く握り締められる前に、若奈は手を引っこめた。

死神だ。私は死神に魅入られたんだ……。

2

儀藤と若奈のために用意されたのは、二階にある書類倉庫の一角だった。副署長の指示で、段ボール箱の山となっていた場所を急遽《きゅうきょ》、空けたのだ。あるのは会議用のデスクと折り畳みの椅子が二脚だけで、冷暖房はなし。宙を舞う埃のせいで、息をするたび喉がひりひりする。

そんな環境だというのに、儀藤は実に満足そうに微笑んでいた。

「まあまあ、部屋を用意してもらえるだけ、ありがたいですよ」

無罪事件の再捜査を任務とする男が、警察署で歓迎されるはずもない。儀藤はあちこちで、冷遇されているのだろう。

若奈はハンカチを口に当てつつ、椅子に腰を下ろした。儀藤に多少の同情はするが、出てくるのは、ため息ばかりだ。

儀藤が言った。

「おやおや、落ちこんでいるようですね。なあに、心配いりません。すぐに戻れますよ」

「本気でそう思っているんですか？」

「は？」

「あなたに協力した警察官は、裏切り者として、二度と仲間の輪には加われない。噂では、そう聞いています」

「まあ、そういったことも少なからずあるようです」

「やっぱり……」

「ご心配なく、あなたに限って、そのようなことはないと、信じます」

一方的にそう言うと、儀藤は分厚いファイルを、会議用のデスクに置いた。細い四本の脚がミシミシと嫌な音をたてる。

「あなたは、この事件の際、捜査本部に参加していたのですね」

「参加と言っても、ほぼ雑用係でした。ただ、波多野百合恵氏が勾留されてからは……」

儀藤は太くて丸い指をぴんと立て、若奈の言葉を封じる。

「事件概要については、どの程度、知っていますか」

「全容は理解しているつもりです。波多野一氏が自宅近くの道で、ひき逃げに遭い死亡。当初は悪質な車両窃盗とひき逃げ事案と考えられていましたが、その後、妻百合恵……氏によるひき逃げを装った殺人との見方が浮上。百合恵氏の自供もあり、彼女は殺人の容疑で逮捕されました」

儀藤は満足げにうなずくと、ファイルをパラパラとめくり始める。

「一氏を轢《ひ》いた車は、友人から借りたものだったのですね」

「はい。自宅にある不用品の運搬のため、一氏が友人から借りたそうです。波多野夫妻の家は一戸建てでしたが駐車場はなく、車は家の前に路上駐車されていました」

「事件の起きた朝、その車に不審者が乗りこみ、走り去ろうとした。これは、百合恵氏の証言ですね」

「そうです。台所で洗い物をしていたら、表の車に男が乗りこむのが見えた。エンジンをかけたので、慌てて、居間でテレビを見ていた一氏に声をかけた。一氏は玄関から飛びだしたものの、間に合わず車両は逃走」

「一氏は車を追いかけたのですね」

「はい。波多野家周辺は新興の住宅地で、道は碁盤の目になっています。ただ、まだ空き地のままであったり、フェンスに囲まれている場所が多数ありました。逃走した犯人は、現在位置が判らなくなり、闇雲に走り回ったと思われます。そして、高速で道を進んでいるところに、波多野一氏が飛びだしてきた」

「具体的に言うと、どのあたりですか？」

「波多野家近くにある、十字路の真ん中でした」

「そんな場所ならば、目撃者もいたと思いますが」

「先にも言ったように、周辺は宅地造成中で、居住している家はごくわずかでした。現場は空き地に囲まれた人気のない場所です」

「なるほど。車は南方向に走り、波多野一氏は東側から通りに飛びだした……」

現場写真を見ていた儀藤の眉間に皺が寄る。

「波多野一氏が飛びだしたとされるこの道ですが、片側に工事車両が駐《と》まっていたのですね」

「はい。ダンプカーや工事会社のライトバンなどが二重駐車されていました」

「となると、道幅はかなり狭くなっていた……」

「ええ。左側は車両、右側はフェンスにはさまれており、人一人が何とか通れる程度だったようです」

「それにしても、汚い道ですねぇ。ゴミがいっぱいだ」

「そこに車両を駐めるのが常態化していたようです。作業員の休息スペースにもなっていたようで、吸い殻やペットボトルなどが散乱していて……」

若奈の声が耳に届いているのかいないのか、儀藤はじっと写真を見つめる。

「警部補、どうかされました？」

「いや……何でもありません。ここから飛びだした波多野一氏は、高速で突っこんできた車と衝突したのでしたね」

「はい。遺体は……写真で見ただけですが、無残なものでした。顔面陥没、全身骨折で……」

儀藤は遺体の検死写真のページを見て、顔を顰《しか》める。

「なるほど、これは酷い。ブレーキ痕《こん》などはあったのでしょうか」

「認められていません」

「飛びだしてきた一氏に、そのまま突っこんだ……か」

「その点はまず問題になりました。なぜ、窃盗犯はブレーキを踏まなかったのか……」

儀藤はさらにページをめくる。

「警察への通報は、おや、二件ありますね。一件目は百合恵氏によるもの。これは彼女自身の携帯から。もう一件は公衆電話ですか」

「現場から西に二百メートルほど行ったところに、コンビニがあります。そこに電話ボックスがあり、そこからの発信でした」

「二件目の通報は誰から？」

「判明していません。名乗らずに切ってしまったとか」

「百合恵氏による通報が午前六時五十一分。二件目が七時一分。通報に至るまでの百合恵氏の行動は？」

「これは百合恵氏自身の証言ですが、夫の後を追ってすぐに自宅を飛びだしたものの、車も夫の姿も既になく、しばらく辺りをさまよっていたとか。まもなく、もの凄い音が聞こえたので、その方向に行ってみると……」

「無残な現場を見てしまったと……。その際、百合恵氏はどの方向から現場に来たのでしょう？　被害者一氏と同じ、東側の道ですか？」

「いいえ、本人は一本南側にある別の道を通ったと証言しています」

「現場についてすぐに通報を？」

「そのようです。ただし、通報はかなり取り乱していて、状況を理解するまでに時間を要しました。警察官の現場臨場はそれから十五分後。百合恵氏は遺体から離れた場所で呆然としていたとか」

「なるほど。概要はほぼ理解できました。次は、捜査についてですが、当初は車両窃盗とひき逃げの線で捜査が行われたのですね。そちらの方で何か情報は？」

「ほとんど無かったと思います。何しろ目撃者が皆無で、車を乗り捨て逃げ去った人物の情報が集まりませんでした」

「そちらが手詰まりになったとき出てきたのが、計画殺人の線ですか。発端はブレーキ痕」

「はい。最初にそう言い始めたのは、交通捜査課の羽生《はにゅう》警部補だったと記憶しています」

「羽生警部補ですか。ベテランの中のベテラン。たしか、もうすぐ定年退職だったかと」

若奈はうなずく。

　捜査に関わったすべての人間の顔や階級が、儀藤の頭には入っているらしい。啞然としつつ、

「はい。朴訥《ぼくとつ》とした印象で、説得力のある喋り方をされる方でした」

「羽生警部補の一言で、証拠品の見直しが行われ……加害車両の右後輪タイヤの下から……結婚指輪？」

「百合恵氏が、常に身につけていたものです」

「そのような重要な証拠品が、初動の際には見落とされた？」

「はい。完全なミスです」

「なるほど、それは痛いですねぇ……。ふーむ。で、指輪について、百合恵氏は何と？」

「いつの間にか無くしたと証言しました」

「何ともはっきりしませんねぇ。ところで、一氏殺しの凶器となった車ですが、百合恵氏が乗車したことはあるのでしょうか」

「助手席に二度乗ったと証言しています。車内からは彼女の指紋も出ています」

「ハンドルや運転席からは？」

「一切、見つかっていません」

「なるほどねぇ、ふーむ」

何ともつかみ所のない言動で、儀藤はファイルをさらに読み進めていく。

「羽生警部補を含む捜査陣が考えたのは、自宅前に駐めてあった車に窃盗犯が乗りこむのを見たという百合恵氏の証言はすべてデタラメ。実のところ、百合恵氏が自ら運転し、自宅近くで計画的に夫を轢き殺した」

「その通りです。二人の夫婦仲は悪く、離婚寸前だったそうです。一氏にはギャンブルで作った借金が四百万円近くあり、それに加えて勤めていた町工場が倒産。パート勤めの百合恵氏が家計を支えていたそうですが……」

「借金の返済まではとても回らない。取り立てもそれなりにきつかったでしょうね」

「財産といえば、家くらいですが、まだローンがかなり残っている状態で大した金額にはならなかったようです。いずれにせよ、早晩、家を明け渡すことになっていたようです」

「なるほど。車を借りてまで不用品を売ろうとしたのは、そのためですかね。それで、離婚の方はどうだったのです？」

「一氏が頑として応じなかったそうです」

「動機になりますねぇ」

「羽生警部補たちの見立てもそうでした」

「生命保険などは？」

「お互いに、一つも入っていませんでした」

「ふーむ。一氏が死んだところで百合恵氏は金銭的には大して得をするわけではない。動機は夫への怒りですか。まあ、借金の取り立てからは逃れられるにしても……うーむ」

儀藤はファイルを前に、腕組みをして考え込んでしまった。

いったい、何だっていうのよ、もう。

若奈はムッとしたまま、ただ座って待つよりほかない。

「間違いなく有罪だと思いました？」

ふいに、儀藤がきいてきた。

「は？」

「あなたは何度か、百合恵氏本人と接している。そのときの印象をきいています」

「そんなこと言われても……私の業務は交通違反の取締です。殺人犯なんて見たことないですから」

「殺人も信号無視も犯罪に変わりはありませんよ。あなたは何年にもわたって交通取締に当たり、違反者を見てきた。その直感にきいているのです。百合恵氏はあなたから見て、どうでしたか」

そんなこと、急にきかれても……。若奈は儀藤の言葉を咀嚼《そしやく》しつつ、当時の記憶をたぐる。

実際、百合恵と接したのはごくわずかだ。時間にして十分、あるかないかだろう。

そのときの印象……。漠然としたイメージが、徐々に形を作っていく。

「犯人……だったと思います」

「つまり夫を殺した殺人犯であったと」

「ええ」

「しかし、判決は無罪。この違いはどこからくるのでしょうか」

「そんなこと、判りません」

「百合恵氏は犯人だった……か。面白い、当たるのなら、ここからですね」

儀藤は福々しい顔にどこか油断のならない雰囲気の笑みを浮かべ、立ち上がる。

「では三好巡査長、行きましょうか」

「行きましょうって、どこへです？」

「そうですねぇ。まずは、いま名前の出た、ベテラン捜査官から」

3

新宿区歌舞伎町を抜けた先にある、古びた雑居ビルの前で、儀藤は足を止めた。自分の携帯画面に目を落とし、再度、ビルを見上げる。

「ああ、ここだ」

そう言いながら、地下へと続く階段を下り始めた。

上じゃないんだ……。上を見ながら、下へ下りる。儀藤の行動、言動はいつもこのようにちぐはぐだ。

明かりもない暗い階段を下りると、目の前に木製のドアが現れた。看板もプレートも何もない。儀藤はノブを回し、中に入った。若奈は彼の背に隠れるようにして続く。

部屋はこれまた薄暗い。その一方で、耳を塞ぎたくなるほどの音で、ジャズがかかっていた。低音が下腹部にじんと響き、サックスの割れんばかりの音が悲鳴のように耳に刺さる。暗がりに目が慣れてくると、不規則に置かれたソファとテーブルがぼんやり見える。奥の壁際には、小さなカウンターのようなものがあった。

儀藤はソファなどを巧みに避《よ》けながら、奥へ進んでいく。彼は夜目が利くようだった。

カウンターに近づくと、そこに痩せた白髪の老人が立っていることが判った。壁と一体化したようなその人物は、儀藤に向かって何か囁く。ドラムの激しい連打に遮られ、声は聞こえない。儀藤は何度かうなずくと、若奈の方を向き、部屋の一角を指さした。何も見えない。まもなく、その一角だけがほんのりと明るくなった。天井の照明がそこだけついたのだ。

出入口のちょうど後ろ側、入ってきた者からは死角になる位置に、男が一人座っていた。足を組み、音に合わせつま先を上下させている。髪は白くて棒のように痩せており、祈りでも捧げているかのように両手を合わせ、それを薄い胸板の上に置いていた。

「羽生警部補……」

若奈は思わず、男の名を口にしていた。それに合わせるかのように、響き渡っていたジャズの音が消えた。

羽生は閉じていた目を開く。並んで立つ儀藤と若奈を見て、すぐに状況を悟ったようだ。穏やかな笑みと共に、「やあ」と右手を上げた。

「いずれ来るとは思っていたけれど」

儀藤は恭しく頭を下げ、名刺をだす。

「警視庁の方から来ました、儀藤堅忍警部補でございます」

「ああ、あなたが死神さん」

「そんなあだ名で呼ばれているようです」

羽生は若奈に視線を移すと、哀れみを浮かべた目でつぶやく。

「三好さんだったかな。死神の御眼鏡にかなったのは君か」

「ごぶさたをしております」

「幸い、ほかに客もいないから、適当に座って下さい。ここはジャズ喫茶なんだが、実はまだ営業時間前なんだ。特別に開けてもらっているので、飲み物は注文できない」

「お気遣いは無用です。お話さえ、聞かせていただければ」

「波多野夫妻の事件についてでしょう？　僕で判ることなら、何なりと。まあ、あんなことになって、僕のところにもチラホラと取材の申しこみが来た。もうすぐ定年とはいえ、まだ現役の捜査官だからねぇ。桜田門に出社するわけにもいかず、こうやって普段、隠れ家として使わせてもらっている場所で、時の過ぎるのを待っているわけさ」

「しかし、あなたのような方がこんなところにいて、捜査に支障はないのですか？」

「もう担当は持っていないのですよ。後進に道をゆずれということでね。最近はもっぱら内勤で。退職後は嘱託として残ることになっていますがね、昔のようにはいきませんよ」

そう語る羽生の顔は、何とも寂しげだった。彼はため息を一つつくと、続けた。

「その上、あの事件が無罪になるとはねぇ……。責任を痛感しています。車両窃盗とひき逃げから、計画殺人へと見立てを変えたのは、僕ですから」

「その点について、いくつかおききしたいのです。お気を悪くしないでいただきたいのですが」

「構いませんよ」

「波多野一氏の死が殺人であると考えた根拠は、何だったのでしょう？」

「ファイルにも書かれているし、あなたのことだ、もう調べておられると思うが……」

羽生は長い足を組み替える。

「まずはブレーキ痕がなかったこと。窃盗犯が必死になっていたとはいえ、目の前に人が飛びだしてきて、それをまったく動じることなく轢き殺すというのは、どうにも解せなかったのです」

「一氏を轢いた車は、現場に乗り捨てられていたのでしたね」

「ええ。前部の損傷も酷かったし、フロントガラスも割れていた。エンジンなどは無事だったとはいえ、そのまま走り去ることはできなかったでしょう」

「運転手の痕跡は？」

「初動の段階で徹底的に当たりましたが手がかりはなしでした。ただ、現場周辺は人通りもない。まして事件は早朝だった。車を乗り捨てた運転手が、そのまま最寄りの駅に行き逃走した可能性は消えません」

「そこに妻百合恵氏の証言があれば、車両窃盗犯によるひき逃げと誰しもが考える」

羽生はやや不満げに、組んだ足のつま先を上下に揺らした。

「ブレーキ痕がない点をもっと重要視していれば、初動でもたつくことはなかった──、そう言いたいのですか？」

儀藤は大仰《おおぎょう》な仕草で首を左右に振った。

「とんでもない。ブレーキ痕の疑問から、証拠品の見直しを行い、結果、指輪を見つけだした。すべてはあなたの手柄ですよ」

「よして下さい。指輪の見落としは痛恨のミスだ。それが直接の原因ではないが、百合恵は無罪になった。手柄どころか、汚点です。僕がここでこうしているのはね、言うなれば、出社に及ばずってことでしてね。下手に顔をだせば、マスコミの餌食《えじき》になる。居場所がばれないよう、大人しくしていろ。そう命令されました」

儀藤は羽生の愚痴をあっさりと聞き流し、阿《おもね》るような笑いとともに質問を続けた。

「指輪ですが、タイヤの下から見つかったとか。それはどういうことなのです？」

「加害車両は犯人逃走後、少し動いていたのですよ。現場はほんのわずかな下り坂でした。サイドブレーキも引かず放置されていたので、タイヤ一回転分ほど、車が前進したと思われます」

「なるほど。指輪はその前進前、地面に既に落ちていた、ということですか」

「いつも身につけている指輪が、現場に落ちていた。しかも加害車両の真下です。指輪が落ちていた場所で偶然、ひき逃げ事故が起きたと考えるよりも、逃走を図る犯人が現場に落としたと考える方が自然でしょう」

「確かにそうですな。もしかすると、犯人は指輪を落としたことに気づいたかもしれない。しかし、タイヤの下に入ってしまったため取りだすことができなくなった。そうも考えられますな」

「いずれにせよ、被害者の妻百合恵は、現場にいた。僕はそう考えました」

「確認ですが、問題の指輪を百合恵氏はいつも身につけていた。そんな指輪が簡単に外れますかね」

「知人などから証言を得ました。加齢とともに指が細くなり、指輪が外れやすくなった。百合恵はそう話していたとのことです」

「なるほどねぇ。それで、指輪の件を百合恵氏本人は何と?」

羽生は下唇を噛み、眉をやや顰《ひそ》めつつ言った。

「いつの間にか無くなっていた。なぜ現場にあったのかは判らないと」

「とはいえ、犯行は既に自供していたし、そこに指輪。百合恵氏は限りなくクロに近いですなあ」

「いや、ヤツはクロですよ」

羽生が初めて、刑事の顔になった。今の一言が、彼の偽らざる本音なのだろう。

「なるほど、判りました」

儀藤はパタンとファイルを閉じる。

「お楽しみのところ、申し訳ありませんでした」

羽生は立ち上がる儀藤を見上げ、言った。

「もういいんですか？　まだ肝心のことが残っているのに」

「と言いますと？」

「なぜ、百合恵が無罪になったのか」

「それはなぜだとお考えです？」

「弁護士ですよ」

「百合恵氏の担当弁護士は、三宅慶太《みやけけいた》氏ですね」

「そう。やり手ですよ。やられました」

「そこから先は、三宅氏本人から聞くことにします」

「ほう、彼に会われるんですね」

「ええ。既にアポイントも取ってあります」

「僕が言うのもなんですが、彼は正義感の強い、いい弁護士ですよ。それゆえ、我々警察に対する態度も……」

「その辺りのことは承知しています。なかなか鼻っ柱の強そうな人物ですな」

「健闘を祈りますよ」

羽生はそう言うと、椅子に深々と座り直し、胸の前で手を組むと、目を閉じてしまった。

それを合図にしたかのように、再び、大音量で音楽が響き始めた。

儀藤はファイルをつめたカバンを抱えるようにして持ち、若奈に言った。

「二人目ですね」

「何がです？」

「百合恵氏が有罪だと確信していた人がです」

4

中野駅の南口改札を出たところに、若い男が立っていた。着ているワイシャツは皺だらけで、濃緑のネクタイも引き上げたばかりのワカメのごとく、だらしなく波打っている。

顎から鼻下にかけてうっすらとヒゲが伸び、髪には寝癖がくっきりとついていた。

男は儀藤と若奈を見ると、派手に手を振った。

「こっち、こっち」

儀藤は額に浮き出た汗を拭きつつ、「やぁ、これはこれは」とか細い声でつぶやいている。

男は好奇の色を隠そうともせず、二人を無遠慮に見つめた。

「ははあ、あんたが警視庁の死神さんか。それにしても、死神さんが女性連れで現れるとはね」

儀藤は名刺をだし、深々と頭を下げた。

「警視庁の方から来ました、儀藤です」

「それそれ、噂に聞いていますよ。警視庁の方からってね」

片手で奪うように名刺を取ると、男は若奈に向かって笑いかけてきた。

「あなたが今度の助手ですか。大変だねぇ、死神のお守《も》りも」

「……いえ」

若奈はこうしたノリの男が苦手である。職業が弁護士とくれば、なおさらだ。

歳は若いが、三宅慶太弁護士と言えば、警察関係者で知らぬ者はいない。刑事事件が専門で、私選、国選を問わず、興味のある事案には首を突っこんでくる。調査能力もあり、弁舌爽やか、弁護士として秀でた要素を併せ持つ、警察にとっては実にやっかいな相手であった。

儀藤は改札前に立ったまま、三宅に言う。

「ダメ元でお願いしたところ、お話を聞かせていただけるとのこと。驚きましたよ」

「それはこっちのセリフですよ。噂の死神さんから、連絡をもらえるなんて。こんな機会、滅《めっ》多《た》にないですからね。それで、助手の方のお名前は？」

「三好若奈巡査長です」

「よろしく。事務所にお連れしたいところだが、密室に警察官の方々とこもるなんてこと、怖くてできないのでね、そこの店のテラス席でいいですかね」

こちらの返事も聞かず、三宅はさっさと歩きだす。線路沿いにあるハンバーガーチェーンだった。店の前のテラスに、席が三つある。三宅は注文もせず、その一つに腰を下ろす。

「よく使うんです。何も言わなければ、コーヒーを持ってきてくれます」

儀藤と若奈は黙って座る。店員の一人が、ホットコーヒーを三つ、持ってきてテーブルに置いた。三宅はコーヒー一杯分の金をその店員に手渡した。

店員が行くのを待ち、三宅はニヤリと笑う。

「こういうことは、きちんとしておかないと」

儀藤もまた、慇懃《いんぎん》な笑みを浮かべる。

「無論です」

儀藤は既に、二人分の代金をテーブルの隅に置いていた。もはや、若奈の出る幕など何もない。

「さすが死神さん、話が早くていい。答えられることなら答えるから、何でもきいて下さいよ」

「なぜ、波多野百合恵氏の弁護を引き受けたのです？」

「まあ、そこからでしょうね。百合恵さんが離婚の件を相談していた弁護士が、俺の友達でね。何とかしてやってくれないかと泣きつかれた」

「しかし、まったく割に合わないケースでしょう。百合恵氏に蓄えは大してない。本人は自供までしている。勝ち目があるとは思えなかったはずだ」

「それはたしかにね。普通の弁護士なら、引き受けなかったでしょう」

「あなたが普通ではなかった理由を、おききしたい」

「そんなこと、きいてどうするんです？　事件とは直接、関係ないでしょう」

のらりくらりとつかみ所のない様子であった三宅の眉間に、深い皺が刻まれる。

「関係ないかどうかは、判りませんよ。私にはね、そこがとても重要な気がするのです」

儀藤はコーヒーカップを取ると、三宅の方に向けて掲げた。三宅は肩をすくめただけだ。

「あんたも変わり者ってことか。ふん、気に入ったよ」

「答えていただけますか」

「あんたなら、もしかすると判ってくれるかもしれないからね。会った瞬間にさ、無罪だと感じたんだ」

「え!?」

若奈は思わず声にだしていた。それを聞いた三宅は魅力的な笑みで応《こた》える。

「俺ね、何となく判るんだ。担当する人を初めてみた瞬間に」

「有罪か、無罪か……がですか」

「まあ、そうかな。ほぼ百パーセントの確率かな」

「そんなバカな」

「そう言う人がいることを、否定はしない。何しろ自分でも判らないいんだから。で？　死神さん、あんたはどうなんです？」

「理由はどうあれ、百合恵氏は実際に無罪となった。それで充分でしょう」

「さあ、調子が出てきたぞ。もっときいてくれ」

この二人にはついていけない。若奈はコーヒーを手に取ると椅子に座り直し、肩の力を抜いた。

「三宅さん、あなたがまず着目したのは、指輪ですね」

「どんな弁護士だって、そうするさ。だって、百合恵さんを殺人犯とする証拠は、その指輪だけなんだぜ。たしかに、波多野夫妻は借金問題もあって離婚寸前だった。でもそれだけだ。百合恵さんが夫に殺意を持っていたかどうかは判らない。実際、百合恵さんもその辺については、明確に答えていないしな」

「そうですね。資料を読む限り、夫のことになると、口が重くなる傾向がありますね」

「警察は、ブレーキ痕がないことから運転手に明確な殺意があったとして、百合恵さんに目をつけた。妻を疑うのは捜査の常道だからね。ところが、百合恵さんには夫殺害のこれといった動機もない。端《はな》からおかしいんだよ、この件は」

儀藤がファイルをめくる。

「では、指輪の件はどう説明します？　百合恵氏の指輪が現場に落ちていたことは？」

「何も説明しない。逆に尋ねるだけさ。たとえ百合恵さんが落とした指輪だとしても、殺人の証拠にはならない。羽生はあり得ないと言ってたけど、最初からあの場所に落ちていたのかもしれない。あるいは」

三宅は自信たっぷりに言葉を切り、儀藤の顔を見つめた。

「車の中に落ちていたものが、衝突の衝撃で放りだされ、地面に転がったのかもしれない」

若奈は百合恵の証言を思い起こしていた。百合恵は二度、車に乗ったと言っている。ならば、そのとき車内に指輪を落とした可能性はゼロではない。

「そんなの、おかしくないですか」

若奈は思わず身を乗りだして言った。このままでは、三宅に押し切られてしまう。

「おっと、三好巡査長、あんまり静かだったんで、存在を忘れていたよ。何が、おかしいんだい？」

「結婚指輪はいつもはめていたものですよね。それが無くなったのなら、すぐに判ります」

「それは、どういうことかな？　すまない、俺は結婚したことがなくってね」

「私もです！　でも普通、捜しますよ」

「なるほど。結婚指輪のような大切なものを車内に落としたままにしておくのは、おかしいと」

三宅はふんと鼻を鳴らす。人を小馬鹿にしたその態度に、若奈はカッと熱くなった。

「結婚指輪って、そういうものなんじゃないですか」

「だけど、波多野夫妻の結婚生活は破綻寸前だったんだ。指輪をそれほど大切にしていたとは思えないがね」

「結婚したこともないのに、そんなこと判らないでしょう」

「君だって結婚したこともないくせに……」

「それってセクハラです！」

「いや、判った。ちょっと頭を冷やそう。君の言うことももっともだ。実は俺も、その点は考えた。そこで俺は波多野夫妻の自宅周辺を徹底的にききこんだ。そして、いま死神さんが見ている写真を手に入れた。最近はみんなカメラ持っててさ、何でもかんでも撮る。この程度、すぐに集まったよ」

儀藤がファイルを滑らせ、若奈の前に移動させる。そこにあったのは、波多野百合恵の画像だった。百合恵をきちんと写したものは一枚もない。どれも、他の被写体の後ろに、百合恵が偶然写りこんだものばかりだ。コンビニの袋を提げて歩く姿や信号待ちで携帯をいじっている姿が数枚、並んでいる。

ひと目見ただけで、三宅の言いたいことは判った。彼女の指には指輪がない。

三宅は言う。

「これらは、事件の起きる三日前から前日にかけて撮られたものだ。三日前の時点で、百合恵さんは指輪をしていない」

「でも、だからといって、百合恵氏が無実とは限りません」

「その言葉、そのまま返すよ。だからといって、百合恵さんが有罪とは限らない。いいかい、君の言ったようなことが、警察による冤罪を生む……」

「私は別にそんなつもりでは……」

「まぁまぁ」

儀藤が割って入った。

「指輪の件をはじめ、あなたが調べあげたことについて、百合恵氏本人は何と言っていたのです？」

不満げに若奈との議論を打ち切った三宅は、肩をすくめながら儀藤に向き直る。

「指輪はいつのまにか無くなっていた。なぜ現場にあったのかは判らない——この一点張りだった。そして犯行も否認しなかった。やったのは自分だ、これ以上、余計なことをするのなら弁護士を代えるとまで言われましたよ」

「依頼人は罪を認めている。一方、弁護人は無実を主張している。こんなちぐはぐなことがあり得るのでしょうか」

「実際にあったんだから、仕方ない。結果として被告は無罪となり、今は娑婆《しゃば》の空気を吸っている。それでいいじゃないですか」

「その点について、あなたなりの疑問はないのでしょうか」

「ずかずかと踏みこんできますね、死神さん。俺の仕事は無罪を勝ち取ること。それが成されたいま、それ以上のことを考えるつもりはありませんね」

「共犯者がいた……私はそう考えているのですよ」

若奈にとって、寝耳に水の話だった。しかもそのことを真っ先に弁護士に聞かせるって、どういうことよ……。

「あの、儀藤警部補……」

儀藤はとろりと垂れた目を若奈に移すと、唇をきゅっと吊り上げ、笑った。

「そう考えると、百合恵氏の態度も納得がいきませんか？　彼女は共犯者をかばっている。だから、いちいち、ちぐはぐなことをしているのですよ。彼女はやっていない。だが、自分がやったことにしたい」

三宅がため息をついた。

「なんだ死神さん、判ってるんじゃないですか。なら、これ以上、俺の方で言うことはなにもありませんよ」

若奈は、三宅の人を小馬鹿にした態度に黙っていられない。

「無責任じゃないですか。共犯者がいたというのなら、やっぱり百合恵氏は……」

「無罪。それが判決だ。もしほかに犯人がいるのなら、それを見つけるのは、警察、つまりあんたたちの仕事だ。これ以上、俺につっかからないでもらいたいな」

「でも……」

儀藤は相変わらず、微笑みすら浮かべたような穏やかな表情で、若奈を止める。

「三宅さんの言うことはいちいち正しい。つまり、あとは我々の領分ということですな」

儀藤はファイルを閉じると、ゆっくり立ち上がる。

「あなたが我々に会ってくれた意味が判りましたよ」

「こちらこそ。天下の死神さんと話ができて楽しかったですよ。ただ、部下に選ぶのは、もう少し物静かなお嬢さんの方がいいんじゃないか?」

「何ですって?」

交通課勤務八年。違反者の罵詈《ばり》雑言《ぞうごん》にも慣れっこになっていたはずだが、この男を前にすると、つい感情が先に立ってしまう。

儀藤は「まあまあ」と若奈をなだめつつ、言った。

「巡査長は、立派に務めを果たしてくれていますよ」

「俺には、あんたの狙いが判りませんね」

「実を言いますと、私にもよく判っていないのです。では」

儀藤は恭しく礼をすると、テラスのステップを下り、駅の方へと歩いて行く。後に続いた若奈だが、胸の中のモヤモヤはまだ収まらない。

「あの弁護士、事件をゲームか何かだと思ってるんだわ。人をバカにして」

「そうですかねぇ。彼は彼なりに、事件のことを真剣に考えていると思いますが」

「どこがです？　彼も認めた通り、百合恵氏が何者かと共犯関係にあるとしたら、彼女にだって罪はあります。それを判っていながら、百合恵氏を無罪にして……」

「それが彼の仕事なのですよ。三宅氏の人となりはいったんおいておいて、次に進みませんか。いったん署に戻ってですね……」

儀藤の肩ごしに、知った顔が目に入った。仕立てのよいスーツを着て、冷たい笑みを浮かべている。細い目の奥に光る目は、若奈に注がれていた。

「立石警視……」

立石は歩道を滑るように進み、儀藤を半ば押しのけるようにして、若奈の前に立った。

「仕事で近くにいたものですから。それにしても、本来の職務を外れ、こんなところに」

どこか責めるような目で若奈を見る。

「あ、これは特別任務みたいなもので……。終われば交通課に戻ります」

「そう願いたいですね。こんなところで傷でもついたら、大変だ」

「は？　傷？」

「警察官でいる間は、問題は起こさないで欲しいな。うちの家はそういうことにうるさいから」

言うだけ言うと、今度は儀藤に目を移す。

「儀藤警部補」

「はい」

儀藤は恭しく頭を下げ、名刺を差しだした。

「警視庁の方から来ました……」

「そんなものはしまいなさい。往来の真ん中で恥ずかしい。君の噂は聞いているよ。なんでも死神と呼ばれているとか」

「恐れ入ります」

「三好さんはいま、非常に大事な体なんだ。妙なことに巻きこまないで欲しかったね」

「申し訳ありません。捜査上、どうしても必要な措置でして」

「その捜査、いつまでかかるの？」

「今のところは何とも」

「無罪判決なんて、警察の失態だよ。そんなものをほじくりだして、何の得があるというんだね」

「私は命じられた職務を果たしているだけでして」

「その挙げ句、死神か。その見た目では、死神というより、貧乏神だがね」

「恐れ入ります」

「もう少し、自分の立場を自覚したまえ。この件は兄たちにも報告しておくから」

「ご随意に」

「では三好さん、また」

立石はこちらに背を向けると、背筋をぴんと伸ばし、やはり歩道を滑るようにして、ガードの向こうへと消えて行った。姿が見えなくなった後も、儀藤は頭を下げ続けている。

「儀藤警部補！　もう行っちゃいましたよ」

「え？　ああ」

儀藤は顔を上げると、目をしょぼつかせ、額の汗を拭いた。

「警部補、申し訳ありません。私のせいであんなこと……」

「は？　別に気にしていませんよ。よくあることですからね」

「……警部補も、ご存じなんでしょぅ？　立石警視と私のこと」

「ええ。噂程度ですが」

「でも今度こそ、決心がつきました」

「と、言いますと？」

「無理です。あんな人と一生一緒にいるなんて、絶対に無理です！」

「あのぅ、三好巡査長、声が大きいです」

「ぜったいぃぃぃに、無理ぃぃぃぃ」

「おっしゃることは判りました。とにかく、改札へ……」

「でも断ったら、私の警察人生終わりですよね。辞めなくちゃ、ならないですよね。ああ、そんなの……」

今度は泣けてきた。

「巡査長、こ、こんなところで泣かれると、私は、どうしていいか……その……」

儀藤がハンカチを差しだした。

「もしよければ、使って下さい」

若奈はハンカチを取り、涙を拭いた。ハンカチはなめらかで、バラの香りがかすかにした。

若奈はハンカチを返しながらきいた。

「このハンカチは、奥様が？」

「私は独り身でしてね。一人暮らしが長いので、まあ、このくらいは」

目を伏せ、儀藤はそそくさとハンカチをしまう。その様子は滑稽でもあり、ちょっぴりかわいらしくもあった。

「警部補、ありがとうございます」

「いえいえ。では、参りましょう」

「はい」

この人、本当に死神なんだろうか。当初あった生理的嫌悪は、既に消えていた。

5

井浦文彦《いうらふみひこ》は、自宅横にある駐車スペースで車を洗っていた。すでに日は西に傾き、駅の方からはカラスの声が聞こえてくる。

井浦はむっつりと口をつぐみ、ホースから噴きだす水で車体の泡を落としていた。

その様子を、水のかからないギリギリの距離を保ちながら、儀藤と若奈は並んで見ていた。

「で？　今さら、何がききたいの」

タイヤに水を吹きつけながら、井浦は言った。

「あなたが波多野一氏に車を貸した経緯《いきさつ》など、その辺りを詳しくおききしたいのですよ」

「そんなこと、前に全部話したよ。俺はもともと百合恵さんが犯人とは思ってなかったんだ。絶対に濡《ぬ》れ衣《ぎぬ》だと思ってたんだよ」

「ほう、それはまた、どうして？」

「あんないい人が、旦那を殺すわけないだろう。それも、俺の車を使って」

「それは何か根拠がおありになる？」

「んなもんあるかよ。でもさ、何回か会えば、人となりってのは判るだろう。それで充分さ」

「なるほど」

「納得しないで下さい」

若奈はツッコミを入れる。

「井浦さんは、過去にも波多野夫妻に車を貸したことが？」

「ないよ。例のことがある少し前まで、あの二人、車を持ってたんだよ。それを売り払っちまってな」

「それは一氏の借金のために？」

「そう。俺と一とは、幼なじみでな。あいつがギャンブルにはまってからは、すっかり疎遠になってたけど、それとなく気にはしてたんだ。何とか力になってやりたかったけど、金の問題だけはなぁ。うちも、かみさんと子供合わせて三人、養っていくのが精一杯だからさ」

井浦は親から継いだ工務店を経営している。業績はそこそこよく、駅からバスで三十分のところに、一戸建てを持っている。

若奈は質問を続けた。

「車の件は、一氏から連絡が？」

「そうだよ。いきなり電話がかかってきたから、びっくりした。暮らしは相変わらずで本当に困ってるみたいだった。実のところ、あんまり気が進まなかったんだけど、無視もできなくてさ」

井浦は仏頂面を崩し、どこか人の好《よ》さそうな笑みを浮かべる。儀藤に対しては警戒を解いていないが、女性の若奈に対しては饒舌《じょうぜつ》になる。

「だけどまさか、あんなことになるなんてなぁ。たしかに、一と百合恵さん、喧嘩ばっかりしてたけど……あ、彼女、無罪になったんだっけ」

「車を借りに来たときは、一氏が一人で？」

「いや、ついでがあったから、俺が運転してあいつの家まで持っていったんだよ。一のヤツ、すっかり恐縮してさ、すまない、すまないって頭ばっかり下げてたよ」

「立ち入ったことをおききしますが、あのあと、車はどうされたんです？」

井浦は顔を顰める。

「廃車に決まってるでしょうが。一応、見せてもらったけど、もう酷い状態でさ。だけど、保険にも入ってたし、中古でこれ買って、家族四人、毎週、ドライブしているよ」

井浦は洗い終わったばかりの車を、得意げに示した。

突然、儀藤が粘着質な微笑みとともに割りこんできた。

「ということはつまり、金銭的な損はなさらなかったのですね」

「あ……ああ」

「一氏はあなたから借りた車を、何に使うつもりだったのでしょう」

「警察に何度も話したけど、不用品を近所のリサイクルショップに持っていくって言ってたよ。引っ越しをするからって」

「なぜ、引っ越しを？」

井浦の顰めっ面がますます酷くなる。

「あんた、警察のくせに知らないのか。一には借金があった。だから、持ち家も売るはめになった」

「それは知っています。しかし、ならば必要なものだけ持って、出ていけばいい話です。なぜ、わざわざ不用品を売りに行ったのでしょう」

「金がいるからに決まってるだろうが」

「しかし、不用品を売ったところで、さほどの金額になるとは思えません。家を手放さねばならないほどの借金でしょう？　わざわざ車を借りてまで、どうしてそんなことを？」

「知らねえよ、そんなこと。気になるんだったら、本人にきけよ。百合恵さん、もう外に出てんだろう？　直接きいてみればいいじゃないか」

「いやまあ、その辺は……へへへ」

儀藤は適当な言葉を連ね、井浦を煙に巻いてしまう。

「あなたさきほど、百合恵氏はやってないとおっしゃいましたね。それはどうしてです？」

「俺は一を子供のころから知ってる。百合恵さんだってそこそこ長いつき合いがある。そのくらい……」

「ですが、ここしばらくは疎遠だったのでしょう？　久しぶりに連絡を取り合ったというのに、どうして、そう思われたのです？」

井浦は反論しようと口を開いたが、そこでぴたりと動きが止まった。

「そう言えば、そうだな」

腕を組み、考え始める。一分、二分と時は過ぎていく。儀藤は急《せ》かすつもりはないらしく、身じろぎもせず、井浦の正面に立っていた。

「そうだ！」

井浦が顔を輝かせた。

「すっかり忘れてた。指輪だよ」

「ほう？」

「車を渡すとき、俺、あんたと同じことをきいたんだ。不用品売ったって、たいした額にはならねえぞって。そしたらあいつ、ほんの少しでいいんだって。百合恵さんの結婚指輪を直してやりたいだけだからって」

儀藤の頬がひくりと動く。とろんと眠そうであった目つきが、今では鋭いものに変化していた。

「詳しくきかせていただけますか」

「百合恵さんの指輪、サイズが合わなくなって緩くなってきたんだそうだ。で、不用品を売った金で、リフォームしてやりたいって」

「なるほど」

「あの二人、言われているほど不仲じゃないんじゃないか、俺、そう思ったんだよ。だから、百合恵さんが一を恨んで轢き殺したって聞いたとき、絶対に彼女は犯人じゃないって思ったんだ」

「素晴らしい。あなた、本当に素晴らしい」

儀藤は皮の分厚い、グローブのような手で、井浦の太い腕を力一杯叩いた。

「痛《いて》ぇ」

井浦は車の側面に叩きつけられた。儀藤という男、見かけより遥かに力が強いようだ。

「ああ、これはすみません、つい」

顔を真っ赤にして怒る井浦に、儀藤は土下座せんばかりの勢いで頭を下げている。

何ともつかみ所のない、不思議な男だ。

井浦と別れたころ、日はとっぷりと暮れきっていた。

夜道を駅に向かいながら、若奈は言った。

「これで同点ですね」

「何のことです?」

「有罪二人、無罪二人」

「ああ、そのことですか」

「儀藤さんはどう思っているんですか?」

「私?」

「儀藤さんがどう思っているかで、均衡が崩れます」

儀藤は頭を掻きながら、笑った。

「さて、どう答えたらいいものか」

「どうもこうも、二択ですよ。有罪か無罪か」

「その二択であることに、引っかかりを覚えるのです」

「はぁ?」

儀藤は若奈の問いには答えず、携帯をだしメールを打ち始めた。

「警部補、歩きながらは禁止されています」

「事態は急を要するのです。あなた、しばらくの間、私の目になって誘導して下さい」

「ど、どうして私がそんなこと……」

「急ごしらえとはいえ、あなたは私の相棒です。お願いします」

儀藤は目を上げることなく、メールを打ち続ける。

もう！

仕方なく儀藤の前に立って歩き始める。幸い、人通りはほとんどない。

「ひゃあ」

歩き始めて一分としないうちに、儀藤はつまずいて転んだ。

「もう、だから言ったのに」

若奈は儀藤の手を摑んで助け起こす。その手は若奈がはっとするほどに熱を帯びていた。

6

若奈が儀藤に指定された場所へと赴いたのは、午前七時過ぎだった。昨夜はいったん儀藤と別れたものの、寮に戻る気にはなれず、横浜にある実家に戻った。よほどの事情がなければ許されることではないが、今回はあっさりと許可された。儀藤の相棒になるということは、「よほどの事情」なのだろう。

両親は深夜であるにもかかわらず、いつも通り温かく娘を迎えてくれた。見合いのことも含め、何も尋ねてはこなかった。自宅の風呂にゆっくりと浸《つ》かり、若奈はほんの少しだけ、泣いた。

「いやあ、お早いですね」

儀藤の間延びした声で、我に返った。

「お早いって、この時間に来いって言ったのは、警部補じゃないですか」

「いやまあ、それはそうなんですが……。時々、姿を見せない相棒もいるものですから」

二人が立っているのは、かつて波多野夫妻が住んでいた一戸建ての前である。かつて空き地が多かったこの地域にも、ちらほらと家ができつつある。だがかつての波多野宅を含めたワンブロックは、手つかずの状態が続いていた。家の両隣も空き家のままで、元波多野宅の玄関ドアにも、「売り家」と書かれた看板が下がり、風に揺れている。

「さすがに買い手がつかないようですねぇ。管理会社としても、頭が痛いところでしょう」

儀藤は早朝の澄んだ空気の中、早足で道を進んでいった。工事車両用に作られたと思《おぼ》しき道は、行き止まりが多い、似たような光景が続く。若奈はすぐに、現在の位置が判らなくなった。

一方の儀藤は、周辺の区画をすべて把握しているのか、スタスタと同じペースで歩を進めていく。

まもなく、片側に工事車両がぎっしりと駐まる道が現れた。向かって右側はフェンス、左側は車両。人が通れるスペースはわずかだ。

「自宅を飛びだした一氏は、ここを通り、この先の道路で轢かれたのです」

通路は二十メートルほど、抜けた先は十字路になっているが、周囲は空き地ばかりで見通しも良い。

儀藤は道端で立ち止まり、哀しげに目を落とした。若奈は言った。

「真実がどうあれ、これだけ見通しのいい道路です。ブレーキ痕がなかった点は、やはり引っかかりますね」

「そう、問題は常に、ブレーキ痕に戻ってくるのですよ。ただいずれにせよ、百合恵氏が無罪となったわけですから、徹底的に事件を洗い直さねばなりません」

「それを昨日からやってきたんですよね」

「ええ。あなたのおかげもあって、捜査は良い感じで進んでおりますよ。ただ……」

「ただ、何です？」

「一氏が自宅を出て亡くなるまでの足取り、これについてはまだ、はっきりしていないのです」

「それは仕方ないんじゃないですか。だってこんな場所ですよ。目撃者がいるとは思えないですし、監視カメラの類《たぐい》もないですよね」

「あなた、覚えていますか、事件の通報は二本あったことを」

「ええ。一本は百合恵氏によるもの。もう一本は公衆電話からで、結局、通報者は不明でした」

「そこを何とか突き止められないかと、昨夜からずっと、駅前周辺をウロウロしていたのですよ」

「ウロウロって、警部補、家に帰ってないんですか」

「家に帰ったところで、誰もおりませんし。侘しい一人住まいですから」

「そういう問題じゃないです。一睡もしてないんですか」

「よくあることですから」

「どうして言ってくれなかったんですか。そうと判っていれば、一人で帰ったりしなかったのに……」

「いえいえ。決して遠慮したとか、あなたに楽をさせたいとか、そんな理由ではないのです。昨夜回っていたのは、女性同伴では少々、行きにくいところでしてね」

若奈の脳裏にすっと浮かんだのは、風俗店のきらびやかなネオンだった。客引きに連れられて、ピンク色の階段を上っていく儀藤のイメージが、膨れあがっていく。

「いやだ、警部補、そんなこと……」

「あなた、何か誤解していませんか。私が回っていたというのは……」

道の向こうから、一台の自転車がやってくる。こいでいるのは、六十前後と思しき男性だ。

そして、自転車の荷台にはアルミ缶がぎっしりと詰まった巨大な透明ゴミ袋が二つ、ロープでくくりつけてある。ゴミ袋はあまりに巨大で、アルミ缶が自転車と男性を飲みこもうと追いかけているようにも見える。

男性はフーフーと大きく息をつきながら、若奈たちの前にやって来た。

「こっち来るのは久しぶりでね。いやあ、昨夜《ゆうべ》はすまなかったね。俺だけじゃなく、仲間まで、すっかりご馳走になっちまって」

「いえいえ。それであなたの記憶が鮮明になるのであれば、安いものですよ」

「もうもう、あんなうまい日本酒飲んだのは、久しぶりさぁ。そりゃ、頭も冴え渡るってもんよ。だから、ひと仕事終えた後、こうしてやって来たってわけ」

「ありがとうございます」

「で？　こっちの気の強そうな姉さんは誰？」

「相棒の三好若奈巡査長です」

「ふーん」

男性は若奈の全身に、素早く目を走らせる。交通取締をしていても、皆がよくやる行動だ。

「何だか、道で切符切ってそうな感じだな」

若奈は笑顔で敬礼する。

「はい、いつもは切符を切っています。今日は臨時で警部補のお手伝いを」

「えっへっへ、姉ちゃんみたいな警官なら、喜んで切符切られちゃうよぅ」

警官になりたてのころは、こうした言葉にいちいち腹を立てていたものだが、今では平然と流せるようになってしまった。若奈は男性を無視して儀藤に尋ねた。

「警部補、この方はここへ何をしに？」

「記憶の再確認です。あ、この方は通称ペエさん。お住まいを持たず生活をされている方です」

「つまりはホームレ……」

「自由生活者と私は呼んでおりますよ。仕事にも縛られず、自由気ままな毎日。うらやましいですなぁ」

若奈は儀藤のスネを蹴り上げたくなった。

「それで警部補、このペエさんの記憶というのは、何なんですか？」

「事件のあった日、この場所で見た一部始終の記憶です」

「はぁ？」

「昨夜、あちこち探し回ってやっと見つけたのですよ、このペエさんこそが、第二の通報者です」

「何ですって」

ペエさんは、わざとらしく指を耳に突っこむ。

「大きな声だなぁ」

「通報しておきながら、どうして姿を消したりしたんです？」

「だって、警察嫌いだもん……ああ、すまない。つい、本音が出ちまった。俺みたいなのが巻きこまれると、大抵、ロクなことにならないのよ。だから、さっさと姿くらましたの」

「それで、あなたは何を見たんですか？　犯人の顔とか見たんですか？」

「何にも」

「え？」

「何にも見てないよ。俺が来たときには、血だらけの男が倒れてて、傍に車が駐まってた。運転席のドアは開いたままでさ、人の姿はなかったなぁ」

若奈は儀藤を見た。それならば、いったいなぜこの男を呼びだしたのか。

儀藤は困り顔で、若奈に言う。

「そんな怖い顔しないで下さいよ。ペエさんに来ていただいたのは、目撃証言についてではないのですよ。ききたいのは、あれのこと」

儀藤が指さしたのは、自転車の荷台で丸々と膨らんでいるゴミ袋だ。

「アルミ缶……、あれが何か？」

儀藤は分厚いファイルを「よっこらせ」と取りだし、中ほどのページを開く。並んでいるのは、現場検証時に写した道の写真だ。当時も今も、ペットボトルや吸い殻のゴミがあふれている。

そういえば昨日、儀藤はひどく熱心にこれらを眺めていたっけ——。

「これを見て、何か気になることはありませんか?」

「ゴミだらけで、汚いです」

「そうそこです。そこを一歩進めてみると?」

若奈はずらりと並ぶ写真に目をこらす。儀藤の言う「一歩」の意味が見えてきた。

「空き缶がないですね」

「そう、そこです! 気になりましてね。考えた末、思いついたのが、あれです」

「空き缶を集める人……」

「ダメ元ではありましたが、何とかペエさんを見つけだせました」

「警部補、すごいです。捜査本部の誰も思いつかなかったことですよ。でも……」

ペエさんを見つけだしたものの、状況はあまり変わらない。彼は何も目撃していないし、捜査そのものに進展はない。

若奈の思いを見透かしたように、儀藤は余裕の笑みを浮かべた。

「ペエさん、あなたの日課について、話してもらえますか?」

「日課というほど大層なものじゃないけどさ、まあ、夜明け前からアルミ缶を集めて、一段落ついたところで、線路向こうにある居酒屋で一服すんのさ。そこ、昼の十二時までやっててね」

「そのとき、集めた缶はどうするんですか？」

「最近は世知辛《せちがら》くてさ、油断してると盗まれちまうんだ。だから、適当な場所に隠して、それから出かける」

「その隠し場所は？」

「そこ」

ペエさんが指さしたのは、あの道路だった。

「そこに袋ごと押しこんでいくんだ。そこら辺に落ちてる空き缶は全部いただけるし、ここはなかなかいい場所なんだ」

「事件の日も、あなたはここに？」

「来たよ。いつものように袋を道に押しこんだのが、七時少し前だったかな。軽くなった自転車ですいすい走ってたら、もの凄い音がしてさ。びっくりして戻ったんだ。そしたら、まあ、酷い事になってた」

「それから、あなたは？」

「さっきも言った通り、一目散に逃げだしたんだ。巻きこまれたくなくてね。あ、だけど、缶は全部回収させてもらったよ。それとこれとは別だしね。で、何も見なかったことにしようと自転車こいでたんだけど、何となく、すっきりしなくてね。あの、道端で倒れてた人、もう顔も潰れて悲惨なもんだったからなぁ。夢に出てきそうでね。だから自転車駐めて、公衆電話から通報した。そしたらこっちの名前とか電話してる場所とかしつこく尋ねられてねぇ、もう鬱《うっ》陶《とう》しいから切っちまった。何となく一杯やる気分にもなれなくて、居酒屋にもいかず、そのまま帰ったよ。これで、全部」

まったくの新情報だった。しかし——。やはり若奈の疑念は残る。ペエさんの話を聞いてもなお、事件の様相はさほど変わらない。

もやもやとしたままの若奈の前で、儀藤はペエさんに対し、恭しくお辞儀をした。そして、汚れたズボンのポケットにそっと何かをすべりこませた。

「ありがとうございました。これでまた、うまい酒でも」

「やや！　こんなことしてもらっても……」

と言いながら、ペエさんはポケットをしっかりと手で押さえている。

「入り用ならいつでも呼んで下さい……と言いたいけど、やっぱり、面倒ごとはご免だね。静かに暮らしてるからさ、こっちは」

「ご心配なく。お騒がせするようなことはありません。今日の件もすっぱりと忘れていただいて、けっこうですよ」

「ああそう。そんじゃ、そうするね」

ペエさんは大きく手を振りながら、アルミ缶を満載した自転車で、フラフラと走り去っていった。

その姿が米粒ほどになったころ、若奈ははっと我に返る。

「警部補、帰しちゃっていいんですか？　目撃証人ですよ！」

「いいんですよ、別に。本人だって、嫌がっていたでしょう？」

「本人がどう思おうと、関係ないでしょう」

「そんな考えではいけませんよ。警察官も公僕ですからねぇ。市民の嫌がることをしてはいけません」

「そんなこと言ってたら、犯人、捕まえられませんよ」

「法に反した者は別です。逃げ得は絶対に許してはなりません」

儀藤は凄味《すごみ》のある笑みを浮かべる。

「さてぇ、ペエさんの証言で、捜査の方も核心に迫ってきましたねぇ」

「どこがですか」

「おや、あなたは気づきませんか。ペエさんは事故の直前、道に缶を置いた。重さはそれほどでもないですが、あれはかなり大きい。それが二つ。工事車両によって、人一人がやっと通れるほどのあの狭い道に、大きく膨らんだゴミ袋が二つですよ」

「あ……」

資料にあった一文がよみがえる。

「家を出た一氏は車を捜し、この通路を抜けたところで……」

「盗まれた車を止めようと飛びだして、轢かれた。当初の見立てはこうでした。しかし、羽生警部補が新たな見立てを作る。すべては百合恵氏の仕組んだことで、実際は彼女が一氏を誘いだし、この場所で轢き殺した」

「裁判ではそれが無罪となった。では当初、百合恵氏が述べていたことは、正しかったのかどうか」

若奈にはようやく、儀藤の言わんとしていることが理解できた。

「この道にはあのとき、大きなゴミ袋が二つ置かれていた」

「そうです。ゴミ袋が邪魔をして、いきなり飛びだすことなんてできなかったのですよ」

「ということは、一氏を轢いたのは、出会い頭などではなく、わざと……」

「そう考えたくなりますねぇ。たまたま波多野宅に駐まっていた車に目をつけた車両窃盗犯が、波多野一氏を計画的に轢き殺した。どうにも筋が通りません。つまり、窃盗犯なんて初めからいなかったのではないか」

「波多野百合恵はウソをついていた……。それじゃあ、やっぱり羽生警部補が正しかったってことですか。百合恵による夫殺し。何てこと、彼女は無罪になってしまいましたよ」

一度無罪になった者を同じ罪で裁くことはできない。

そんな中にあっても、儀藤はいつも通り、眠そうに目をこすりながら、首を少し右に傾けている。表情には無念も失望もない。

儀藤の携帯が鳴った。メールの着信があったようだ。画面を見た儀藤の顔が、わずかにほころぶ。

「羽生警部補からです。例の指輪の件、確認してもらいました」

「結婚指輪のことですか」

「井浦氏の言ったことは本当でした。波多野一氏は百合恵氏のリングを直しにだしています。受け取ったのは、何と、亡くなる前日です」

若奈はうなずく。

「それをはめ、翌朝、百合恵は夫を轢き殺したわけですか。指輪が落ちたのは、まさに天罰ですね。一氏の無念が、直したばかりの指輪を……」

「いやいや、そんなことはあり得ない」

儀藤が珍しく強い口調で言い切った。若奈もムキになって言い返した。

「何があり得ないんですか！　百合恵が犯人であることは明らかですよ」

「いいえ、そこじゃなく、一氏の無念が指輪を落とさせたってところです。そんな非科学的なこと、あるわけありません」

「そこですか……」

「しかし、指輪は気になりますねぇ。百合恵氏は一氏を殺すほど憎んでいた。一方で一氏は百合恵氏のリングを直している。本当の夫婦仲はどうだったのでしょう。ちぐはぐです」

「そんなの、百合恵が一氏を騙していたんですよ」

儀藤はそれでも納得がいかない様子だ。腕を組んだまましばらく何やら考えこんでいたが、ふいに顔を上げ、若奈に言った。

「答えがでましたよ」

「え？」

「あなたは有罪に一票でしたね」

「投票したつもりはありませんけど、百合恵が有罪だと思っています」

「羽生警部補も有罪。三宅弁護士は無罪、友人の井浦氏も無罪。これで二対二」

若奈は半ば自棄《やけ》になり、言った。

「有罪か無罪か。儀藤警部補の一票で決まります」

「僕は、両方に半分ずつ」

「はぁ？」

「有罪二・五、無罪二・五。やっぱり同数ですねぇ」

7

若奈が腕時計に目をやると、午後五時ちょうどをさしていた。車の助手席で身を縮め、すでに四時間。十五分に一度行っていたストレッチも、もはや面倒となり、甘ったるい缶コーヒーをちびちびとなめるようにして気を紛らわせる。後部シートには儀藤が一人、銅像のごとく身じろぎ一つせず座っている。いったいどういう神経をしているのだろう。起きているのか眠っているのか、あるいはその丁度真ん中くらいなのか。人間が冬眠するとしたら、こんな感じになるんだろう、若奈はそんなことを考えつつ、バックミラーに映る儀藤の顔を確認した。

運転席にいるのは、弁護士の三宅である。シャツにジーンズという格好で、少し開いた窓から、電子煙草の煙をプカプカと吐きだしている。

「三好さん、缶コーヒー、もっと買ってきましょうか」

呼び方がいつの間にか三好さんになっている。

「けっこうです」

「つらいんだったら、後は引き受けますから、帰っても大丈夫ですよ」

「いえ、ご心配なく」

「五時か。動きだすとしたら、そろそろなんだけどなぁ。どうですかねぇ、儀藤警部補」

呼びかけられて、儀藤の肩がかすかに上下した。

「おっしゃる通りだと思いますよ。それにしても三宅さん、車までだしていただいて、申し訳ありませんねぇ」

「まあ気にせんで下さい。あなたたちに協力する警察官がいるとも思えませんしね。敵の敵は友ってヤツですよ」

そんな会話をきっかけに、若奈は気になっていたことを尋ねた。

「でも三宅さんには、こんなことをする義務も義理もないわけですよね」

「そこを言われるとつらいなぁ。たしかに、弁護士仲間はいい顔しないでしょうけど」

「それじゃあ、なぜ？」

「妙な言い方になりますけど、やっぱり本当のところが知りたいんですよ。真実と言うと、格好良すぎるかな」

「でもあなたは、百合恵氏の無実を確信しているんですよね」

「ええ、もちろん」

「それなら、真実は既にあるわけじゃないですか。あなたは、自分の判断に自信がない。だから、儀藤警部補に協力して、真実を確かめにきた」

三宅は声を上げて笑った。

「手厳しいなぁ。うーん、でもそういうことじゃないんだなぁ」

「適当なこと言って、逃げるつもりですね」

「そんなつもりはないけれど……」

なれなれしい言葉遣いが気に障る。一言クギを刺そうかとも思ったが、三宅の顔を見ているうちに、そんな気もなくなってしまった。

「弁護士なんて、いい加減なんだから」

「それも酷いなぁ。それじゃあ逆にききますけど、三好さんは百合恵さんを有罪だと確信している。そこに揺らぎはないの？」

「ありますよ。有罪だと思ってた人が無罪になったわけですから」

「でもあなたは、納得していない。裁判で無罪の判決が下されたのに、釈然としない思いを抱えているわけだ」

「それは……」

「裁判って、何なんだろうねぇ。理性的には納得のできる裁判所の判断も、感情的には納得のいかない場合もある。事実、判決と真実はイコールでない場合だってあるんだ。だから俺は……」

二人の間に、儀藤の太い指がにゅっと伸びてきた。

「お話し中、恐縮ですが、彼女が出てきましたよ」

駅前ロータリーの先にあるビジネスホテルの正面玄関から、パーカー姿の女性が周囲の目を気にしながら、走り出てきた。波多野百合恵だった。

儀藤は体に似合わぬ軽快な動きで車を降りると、歩道を進み始める。少し遅れて三宅、さらに後ろから若奈という順で車を降りた。

「駐禁とられたら、免除してよ」

三宅の軽口に、若奈は無言でうなずいた。

絶対に許さない。レッカー移動してやるんだから！

そんなことを考えている内に、百合恵は早足で道路を渡り、雑居ビルの並ぶ界隈《かいわい》へと入っていく。儀藤はつかず離れず、絶妙の間合いで彼女のあとを尾《つ》けていく。三宅と若奈はそこからさらに距離を置き、儀藤の姿を追っていった。

これは事前に儀藤から指示されていたことだった。

『相手は警戒しています。近づきすぎないようにして下さい。尾行は私が行います。お二人は、百合恵氏ではなく、私を尾けてきて下さい。いいですね』

事実、ホテルを出たときから、百合恵は異常なまでに尾行を警戒していた。一度はバス停の列に並び、バスが来ても乗らずそのままやり過ごした。大通りを渡りつつ、途中で引き返す。雑居ビルに入り、裏口から出る。携帯を見るふりをしながら、道端で立ち止まる。

一方の儀藤は、それらすべてを見抜き、まったく気取《けど》られることなく後についていた。そんなテクニックをいったいどこで身につけたのだろうか。かつて公安にいたとか、一部の者しか知らない秘密情報部にいたとか、まことしやかな噂が引きも切らない。若奈は信じるつもりもないが、それでも、彼の助言がなければ瞬く間に尾行は見つかり、計画は水泡に帰していただろう。

あの男の正体――。事件そのものは解決に近づいているようだが、儀藤の謎はそのままである。

儀藤がビルの壁に背中をつけ、こちらに目で合図を送ってきた。通りの向こうには小さな公園があり、百合恵はいま入口の一つから中に入っていくところだ。

ブランコの前を過ぎ、公衆便所脇にある薄汚れたベンチの前に立つ。

若奈は三宅とともに、儀藤と合流する。

百合恵の背後の植えこみから、男が現れた。気づいた百合恵はぱっと顔を輝かせ、抱きついた。長い抱擁の後、二人は手を握り合う。

その二人を、五人の男が取り囲んだ。全員背広姿で、真ん中にいるのは、羽生警部補だった。

二人は逃げようとしたが、すぐに取り押さえられ、地面に組み敷かれてしまった。

儀藤はビルの陰から離れ、公園に入っていく。若奈たちもすぐ後ろに続いた。

組み敷かれた二人は観念したのか、大人しく手錠をかけられていた。

羽生は複雑な面持ちで、近づいてくる儀藤を見つめる。

「あなたのおっしゃる通りでした」

儀藤は笑って、右手を差しだした。羽生はその手を力強く握り締める。

「あなたのおかげだ。でも、どうして判ったんです？」

「皆さんの直感を信じただけですよ」

「は？」

「あなたは有罪、この三好巡査長も有罪。一方、三宅弁護士は無罪。波多野一氏と長く親交のあった井浦氏も無罪。二対二。ならば、それが正解なのではないかと。彼らは無罪であり、有罪だ」

羽生の部下に引き起こされた二人の顔を、儀藤はしげしげと見つめた。

「さて、これから長い取り調べが始まります。素直に話した方がいいと思いますよ。あなたがたが殺したのが、誰なのかを」

波多野一と波多野百合恵は並んだまま、肩を落とした。

8

「背格好の似たホームレスが、犠牲になったようですねぇ」

羽生からの連絡なのだろう、携帯の画面を見ながら、儀藤は少し哀しそうな顔で首を左右に振った。

若奈はファイルを整理し、それらを段ボール箱に詰めていく。

「結局、車でホームレスを轢き殺したのが波多野一、それに合わせて虚偽の証言をしたのが百合恵。事件の発端そのものが間違っていたんですね」

「遺体の損傷は酷かったですし、身元の確認をしたのは百合恵です。彼女ならば、自宅内にある髪の毛や指紋といった、夫の痕跡を消し去ることもできた。代わりに犠牲となったホームレスの痕跡を自宅に残すこともね」

「誤算は、百合恵が犯人として逮捕されてしまったことですか」

「その通りです。波多野一を死んだこととし、借金問題が解決したところ、どこか遠くで落ち合い一緒に暮らす。二人の狙いはそこだった。ところが、誤算が二つ。一つ目は遺体の損傷を激しくするため、ブレーキを踏むことなく、高速のまま突っこんだこと。そこが羽生氏の疑念を呼びこむことになった。二つ目は指輪。一が偶然落とした指輪がもとで、百合恵が疑われることになった」

「リフォームが終わった指輪は、そのまま一が持っていたんですね。それを事件現場に落としてきてしまった」

「一の証言によれば、不仲を印象づけるため、百合恵は指輪を捨てたことにする予定だったとか。それで、リフォームが終わった後も一が持っていたんですね。一方、逮捕された百合恵は慌てた。自身の無実を証明はしたいが、そうなると、被害者が入れ替わった別人だと判ってしまう恐れがあった。まして、実際に手を下したのは愛する夫です。百合恵は自身が罪を被ることになっても、夫を守りたかった。それゆえやってもいない罪に対しそれを認め、粛々と有罪の判決を待っていたわけです」

「それが思わぬ無罪となった」

「そこまでして守りぬいた夫に、一刻も早く会いたいに違いない。多少の無理をしても落ち合うだろう。そう考えたのです」

「凄いですね」

最後の段ボール箱の蓋を閉め、若奈は言った。

「さて、それでは私はこの辺で。ご一緒できて、光栄でした」

「こちらこそ。あなたは優秀な方だ。これからのご活躍に期待していますよ」

「ありがとうございます。でも、多分、無理だと思います」

「なぜ？」

「この間も言いましたけど、例のお見合いのことです。正式にお断りしようと決めました。でも、そうなるとここには居づらくなりそうで」

「それならば、心配いりませんよ」

「え？」

儀藤は自分の携帯をだし、動画サイトを表示する。

「これをご覧下さい」

深夜の裏通りに、男が立っていた。迷彩柄のパーカーを着て、周囲の様子をうかがっている。

そこにもう一人、スーツ姿の男が現れた。二人は薄汚れた壁の前で、立ち話を始める。粗い画質ながら、新たにやって来た男が立石であることは判る。カメラはパーカーの男が白い粉の入った包みを、立石に渡す瞬間を捉えていた。

若奈は驚いて顔を上げる。

「警部補、これって……」

「麻取が既に動いています。この動画も、あと一時間もしないうちに削除されます。水面下で交渉して、事件そのものを握りつぶすことになるでしょう」

「……わ、訳が判らない。これって……」

「麻取の撮影したデータがどこかに流出したようですね。それがあろうことか、動画サイトに投稿されてしまった。まあ、大騒ぎでしょうね」

儀藤は意味ありげに笑う。

「まさか、この動画、警部補……」

「私にはそんな器用なことできませんよ。ただ、これは天の配剤です。禁止薬物の売買、所持、使用……立石課長は依願退職となるでしょう。当然、お見合いの話も消滅です。もしあなたが玉の輿を狙っていたとしたら、大変、残念な結果に終わるところでした」

儀藤は今まで見せたこともない、温かな笑みを浮かべると、埃っぽい部屋の戸口に向かう。

「もうお会いすることもないでしょう。お世話になりました」

死神と呼ばれる男は、人気のない廊下に靴音を響かせ、若奈の前から消えた。

どのくらいそうしていただろうか。はっと我に返ると、安堵や悲しみ、虚しさと希望、様々な感情が一気に押し寄せてきた。

立石の件が解決し、しばらくは存分に警察官の仕事に打ちこめる。その一方、漠然とした虚しさもあった。

頭に浮かぶのは、公園の片隅で抱擁する波多野夫妻の姿だった。二人のしたことは間違っていたけど、それだけ愛し合っていたってことなのよね……。

携帯が鳴った。見知らぬ番号だ。恐る恐る、出た。

「三好さん?」

三宅の明るい声が聞こえた。

「どうです? もしお暇ならさっきの議論の続きでもどうかと思いましてね」

若奈は携帯を強く耳に押し当てたまま、胸に手を当てて心を落ち着かせる。

ダメ、ここで慌てて返事なんかしたら、向こうに主導権を与えてしまう。

「もしもし? 三好さん? もしもし?」

もういいだろう。若奈は息を整えて言った。

「ええ、喜んで」

死神の顔

1

榎田悟《えのきださとる》は巨大なケヤキの下に立ち、枝葉の間から差しこむ木漏れ日を見上げ、深呼吸をした。

奥多摩駅からバスで十五分のところにある奥多摩第三駐在所は、警視庁の離れ小島とあだ名されている。離れ小島なら八丈島があるじゃないかと思うのだが、あれはただ離れているだけで、「小島」ではないらしい。

周囲を山々に囲まれ、管轄区内の人口も減少の一途をたどる。小中学校も統廃合で一昨年《おととし》ついになくなり、窃盗などの事案もついぞ起きたことがない。住人の大半は高齢者で、平日の日中、駐在所の前を通るのは、自転車に乗った高齢者、杖をついた高齢者、買い物袋を大儀そうに抱えた高齢者と決まっている。買い物袋を抱えている場合は、自宅までそれを運ぶのが榎田の仕事だ。

警察学校を卒業して二年、まさか自分がこんな場所で、ぼんやりとお日様を眺めていることになろうとは。

「よう、暇そうだなぁ」

駐在所から上司兼教育係兼相棒の小野寺《おのでら》巡査部長がのそりと顔を見せる。駐在所は平屋のコンクリート造り、ペンキで白く塗られているが、刷毛《はけ》の跡も生々しく素人《しろうと》仕事であることがひと目で判る。真四角で、良く言えばトーチカ、悪く言えば公衆便所にしか見えない。

定年を二年後に控えた小野寺は、大あくびをした後、駐在所脇に立つケヤキの巨木にポンポンと手を合わせた。別にご神木でも何でもないのだが、それが彼の日課らしい。

「どうだい、いっちょ、その辺、走ってきたら」

「いえ、ボクは……」

「ちょっと太ったんじゃないの？　運動不足だよ。まあ、無理もねえなぁ。凶悪事件なんて起きるわけもねえし、柔道場もなーんにもねえもんな」

小野寺はがっしりとした榎田の全身をニヤニヤしながら眺める。

「宝の持ち腐れだよ」

その言葉が、榎田の心に深く突き刺さる。二十年の人生で、事あるごとに、何度も何度も言われ続けた呪いの一言だ。

榎田は小野寺から顔をそむけ、ゴツゴツとしたケヤキの幹を見つめる。

身長一八七センチ、体重九五キロの体は、別に榎田自身が望んだものではない。柔道四段で警察官の父親に似ただけだ。どうせ似るのであれば、内面も似ればよかったのに。

『宝の持ち腐れだよ』

記憶にある限り、最初にそう言われたのは、ほかならぬ父親からだった。小学校の柔道大会で、一回戦負けを喫したときだ。初めての大会、体育館いっぱいの観客、飛び交う声援――。榎田は頭の中が真っ白になり、普段の稽古で覚えた動きが、何一つできなかった。開始一分で一本負け。榎田より遥かに小さい、柔道を始めてまだ半年の同級生が相手だった。

稽古では無敵なのだが、試合では勝てない。榎田のガラスの心臓は、大舞台で必ず彼自身の望みを打ち砕いてきた。小学生での優勝はなし、柔道の強豪校に推薦で入学したものの、逸材と言われながらレギュラーの座はついに得られなかった。試合が近づくたび、試合で敗退を続けるたび、監督から、仲間から、言われ続けた。

『宝の持ち腐れだよ』

柔道など止めてしまいたかったが、かといってほかにするべきことも見当たらず、結局、高校卒業と同時に、父と同じ警察官を志望した。

基礎体力には絶対の自信があり、厳しい訓練など物の数ではなかった。今にして思えば、大門第二駅前交番という多忙を極める場所に配属されたのも、期待の表れであったのだ。

そして、その期待をことごとく裏切り、自分はいま、この長閑《のどか》な場所で太陽を見上げている。

小野寺は煙草に火をつけると、ぷかりぷかりとふかし始める。交番の前で喫煙をしていても、別に文句も言われない。酒、煙草を一切やらない榎田には、そんな気晴らしの手段を持つ小野寺が、心底うらやましかった。

榎田はいま、完全に自分を見失っていた。

「……無罪になったんだってな」

煙草のせいでかすれた小野寺の声を、榎田は聞き逃した。

「何ですか?」

「おまえが捕まえたっていう、痴漢だよ。無罪になったって新聞に出てた。何てこった、おまえの数少ない手柄だったのに」

「いや、ボクは別に捕まえたわけじゃないです。先輩と一緒に、被疑者を交番まで連れて行っただけですから」

「ふーん、そうか」

小野寺はそう言うと、興味をなくしたのかプイと背を向けてしまった。

一方、元来小心な榎田は、不安に苛《さいな》まれ落ち着かなくなる。

あの朝のことは、よく覚えていた。殺人的ラッシュの大門駅から、痴漢を逮捕したとの連絡が入ったのだ。榎田は教育係である先輩の田沢《たざわ》巡査部長と被疑者がいるという駅事務所に向かった。制服のまま駅構内を進むと、周囲の視線が突き刺さる。自然と顔が下を向く。すかさず、田沢の叱責《しっせき》が飛んで来た。

「顔を上げろ！　でくの坊」

榎田が見かけ倒しの臆病者であることに、日夜行動を共にしている田沢は当然気づいていた。事務所にいたのは、被害者の女子高生、被疑者の若者、そして彼を取り押さえたという男性二人だった。田沢が女性警察官を含む応援を要請、椅子に座りぐったりとしている被疑者に質問を始めた。二人のやり取りを、榎田はよく覚えていない。確かなのは、被疑者である正岡柳《まさおかりゅう》次郎《じろう》が容疑を否認していたこと、彼を取り押さえた二人の男性、小田《おだ》秀典《ひでのり》と涌島《わくしま》一穂《かずほ》が激昂して怒鳴っていたこと、被害者の女子高生、上野《うえの》由希子《ゆきこ》がうつむいたまま涙を流していたことくらいだ。

正岡たちはやってきた応援の警察官らと共に、いったん、第二駅前交番に移動させられ、聴取を受けた。榎田はその時点で完全に蚊帳《かや》の外に置かれていた。朝の駅前交番は、目が回るほどの忙しさだ。道を尋ねる者、落とし物を届けに来る者、気分が悪くなったと駆けこんで来る者——相手をしているだけで、一時間、二時間があっという間に過ぎていく。必死で職務をこなしてふと気づいたとき、正岡はもう交番にはおらず、新大門警察署に連行された後だった。

その後、彼が「迷惑防止条例違反」で起訴されたこと、最後まで「痴漢」を認めなかったことを、田沢からきかされた。

『ま、ヤツはクロだ。間違いねえ』

酒の席で、そう言って笑う田沢の顔がやけに印象的だった。

榎田はその一ヶ月後、上司に呼ばれ異動を告げられた。

『宝の持ち腐れだよ』

上司の顔は、そう言いたげであった。榎田は逃げるようにしてその場を去り、こうして奥多摩にいる。

そうか、あいつ、無罪になったんだ。榎田は携帯をだし、ニュースサイトを見た。本来、勤務中に携帯をいじるなど許されることではないが、ここはとにかく、いろいろな面で特別な場所だった。

ひと通り見てみたが、情報は皆無だった。正岡の名前で検索をしてみようかと思ったが、止めた。別にどうでもいいことだ。

携帯をしまい、人通りの途絶えた駐在所前の道に目を移す。

顔面蒼白で足元もふらついていた正岡の姿が、ぼんやりと脳裏によみがえる。後で聞いたところでは、車内でもみ合った際に転倒し、後頭部を強打、意識が朦朧《もうろう》としていたらしい。

そんな正岡の顔を、榎田は思いだせずにいた。正岡だけではなく、被害者の女子高生を含む関係者全員のことが、はっきりしない。まるで記憶の引きだしに自ら鍵をかけてしまったかのように。

まあいいさ、俺には関係のないことだ。建物の中に戻ろうとしたとき、駅方向からやって来る人影に気がついた。背が低く足も短い。小太りで、額の汗をハンカチで拭いながら、えっちらおっちら、やって来る。冴えない風貌の五十がらみの男性だ。顔に見覚えはない。保険の営業マンにも見えず、強《し》いて言うのであれば、インチキな健康器具を年寄りに売りつける販売員のようである。

男はまっすぐ駐在所に向かってきた。小野寺もちらりとそちらに目をやるが、関心を示さず黙ったまま二本目の煙草に火をつけた。

明らかに怪しい男であるから職務質問をすべきだが、どうにも最初の一歩が踏みだせないでいる。動こうとするたび、恐怖にも似た感情がこみ上げてくる。

男と目が合った。丸メガネの奥で光る黒目は深い穴のようであり、何も読み取ることができない。目尻が下がっているため、どこか笑っているようにも見えるが、全身から発する禍々《まがまが》しい雰囲気は、とても友好的とは感じられない。

嫌な顔だ。榎田はそう思いながら、男と睨み合っていた。

男は、突然白い歯を見せると、チョコチョコと早足で榎田の前に立った。

「あなた、榎田巡査ですか？　いやはや、何とも辺鄙《へんぴ》なところですねぇ。けっこう時間がかかってしまいましたよ」

皺《しわ》のよったスーツにさっと手を入れる。取りだしたのは、一枚の名刺だ。

「警視庁の方から来ました儀藤堅忍《ぎどうけんにん》と申します」

階級と名前以外、何もない名刺だ。反射的に受け取ろうと手をだしたまま、榎田は再び固まる。

いま、警視庁の方からって言わなかったか？

そこに近づいてきたのは、小野寺である。無遠慮に名刺をのぞきこむと、親しげな口調で言った。

「もしかしてあんた、死神さん？」

死神呼ばわりされた男は、なぜかうれしそうにニンマリと笑う。

「不本意ではあるのですが、そう呼ばれているようですねぇ」

「ひゃあ、警察生活四十年強、伝説だと思っていた死神に会えちゃったよぉ。ホントにいるんだねぇ。びっくりだよ。ちょっと写真、一緒に撮ってもらっていい？」

「構いませんよ。ただ、ネットなどに流すのは止めていただきたいのですが」

「そんなこと、するわけないよ。記念、記念。かみさんにも見せてやろ」

小野寺は自分の携帯を榎田に向けて差しだした。

「ほら、撮って、撮って」

言われるがままカメラモードにして、レンズを向ける。ケヤキの下、二人は粘っこい笑みを浮かべながら、肩を並べる。三枚撮って、携帯を返す。画面をうっとり眺めていた小野寺は、儀藤の背をポンポンと叩いて、言った。

「あんたが来たってことはもしかして、例の痴漢事件？」

「はい、その通りです」

「こいつだね、このでくの坊。こいつを連れて行くんだね？」

「差し支えありませんかね」

「もちろん。こんな場所だもん。こいつ一人いなくなったって、どうってことないよ」

「そうですか。では、お借りいたします。期間は未定ですが、そう長くはならないと……」

「いいの、いいの。何週間でも何ヶ月でも」

小野寺は明らかに浮き立っていた。スキップでもするような足取りで榎田の脇に立つと、いきなり、尻を力一杯、叩いてきた。

「さあ、行ってこい！」

「ちょっと、何するんですか、痛いなぁ」

「愛のムチだよぉ。さあ、行ってこい」

「行ってこいって、状況が見えないんですけど。この人はいったい、何なんです？」

「おまえみたいなルーキーじゃあ、まだ死神さんのことは知らないか。この人はな、無罪判決が出た事件の再捜査を専門にやってる人なんだ」

「無罪？　再捜査？　警察って、そんなこともしてるんですか？」

「あまり大っぴらにはやってないけどな」

ここで儀藤が丸い顔をぐいと突きだし、二人の間に割りこんできた。

「逃げ得はよくありませんからねぇ。もし真犯人が他にいるのであれば、きっちり罰しないと」

「それはそうですけど、どうしてボクのところに？　ボクはここの駐在所の……」

「今回、私が担当するのは、新浅草線線内で起きた痴漢事案の再捜査です。被害者は上野由希子氏。あなたはこのとき、無罪となった正岡柳次郎氏の逮捕に関わっていますね」

「関わったといっても、彼の身柄を駅事務所から移動させただけで……」

「別に責めているわけではないのですよ。これは慣例なのですが、私が捜査を行うときは、事件に関係した警察官一名に、相棒となってもらうのです。今回、あなたが適任であるとの結論に達しました。上司である小野寺巡査部長にも申し上げましたが、さほど時間は取らせません。あなたは今から、奥多摩第三駐在所勤務から離れ、私の指揮下に入っていただきます」

小野寺を見るが、ニヤニヤ笑うばかりで、何も答えてくれない。榎田はオロオロと首を振るばかりだった。

「そんな、無理です。ボクにはそんなこと……」

「資料は新大門署の方にまとめてあります。これからすぐに移動してもらいますよ」

儀藤は返事も待たず、ヒョコヒョコと歩き始めた。

「いや、ちょっと待って……」

後を追おうとした榎田の耳元で、小野寺がささやいた。

「あいつがなんで死神って言われているか、判るか？」

榎田は首を振る。

「無罪判決なんてものはさ、警察にとって黒星なのよ。触れて欲しくない傷なの。それをあいつは、ぐりぐりとほじくり返すわけ」

「はあ……」

「そんなのに協力したヤツは、もう組織の中では生きていけない。信頼を失うからね」

「それは……つまり……」

小野寺は哀れみをこめ、榎田の背を叩いた。

「まあ、元々向いてなかったんだよ。これを機会に、考えな」

一本道の遥か向こうで、儀藤が足を止めてこちらを見ている。

魅入られたように、榎田はふらつく足で歩き始める。

2

新大門警察署は新築の八階建てであり、厳《いか》めしく鋼色に光っていた。儀藤の背中に隠れるようにして正面玄関から入るが、立ち番をしている二人の警察官とも、会釈も敬礼もしない。じっと前を向いたままだ。

受付の女性警察官に案内されたのは、一階の一番端、洗面所の横にある埃っぽく狭い部屋だった。室内には、会議用のテーブルが一台、折り畳みの椅子が二脚、そして事件の資料と思われる段ボール箱が五つ積んである。

誰が挨拶に来るわけでもなく、お茶が運ばれてくるわけでもない。小野寺の言っていた意味が、じわじわと身に染みてきた。一方の儀藤は、穏やかな微笑みを浮かべ、「ふんふん」と鼻歌ともうなり声ともつかない声を上げながら、窓もない薄暗い部屋を見回している。

「なかなかいい部屋ではないですか」

「ここがですか？」

「部屋を用意してくれただけで、充分ですよ」

儀藤は積んである段ボール箱を机の上に載せようとしたが、一つを抱えただけで、「うほっ」と尻餅をついた。

「重いですねぇ」

榎田は一番上の箱を取った。書類などが詰めこまれているのだろう、底が抜けないのが不思議なくらいだ。それでも、榎田にとってはこの程度の重さは何ということもない。五つをデスクの上に並べ、中身をだしていく。

儀藤は心底、感心した体《てい》で、言った。

「素晴らしい肉体をお持ちだ。いやいや、助かりましたよ」

「いえ……」

その肉体を、俺は持て余しているんだよ。そんな自虐的な言葉をつぶやきつつ、作業に没頭する。

儀藤は次々と出てくる書類を手早く分類し、箱に入れ直していく。

「巡査はこの事件について、どの程度の知識をお持ちですか？」

手を動かしつつ、きいてくる。

「さっきも言ったように、ボクが関わったのは、駅から交番に連れて行く間だけですから、ほとんど、何も知りません」

「被疑者、正岡柳次郎氏が、当初から犯行を否認していたことも？」

「そのくらいでしたら、知ってます」

「痴漢冤罪は社会問題化していますからねぇ。本来ならこの事案ももっと報道されて良かったのですが……」

痴漢冤罪については、冤罪被害を受けた本人が本を書いたり、またそれが映画になったりして、人々の知るところとなった。中でも批判の的となったのは、警察の取り調べだ。最初から被疑者と決めつけた態度や証拠のねつ造、調書の改ざんすら行われる実態が、次々と白日の下にさらされた。

榎田は作業の手を止めて、儀藤を見た。

「正岡の事件は、どうして報道されなかったのですか？」

「正岡氏の素行があまりにも悪かったため、と言われています。彼は神奈川県川崎の出身ですが、問題児として有名であり、中学卒業後、ボクシングを始めています。そこそこの成績をおさめたものの、二十歳のときに暴力沙汰を起こしジムを追われています」

「ワルの典型ですね」

「しかし、最近は更生し、運送会社で真面目に働いていたとの証言もあります。いずれにせよ、世間の目は冷たかったということですね。無罪となっても、マスコミはさほど騒ぎたてていません」

「悪行が幸いしたってことですか。どっちにしても、運のいいヤツですね」

儀藤は手を止め、きょとんとした目で、榎田を見た。

「な、何ですか？」

「ふむ、そういう見方もありますね」

儀藤は再び、ファイルに目を走らせ始める。

榎田は機械的に手を動かし、書類をだしては揃えていく。素行の悪い若者が、痴漢をして捕まった。それが上手《うま》い具合に無罪となり、彼は再び、大手を振って世間を歩いている。自分と比して、何という違いだろうか。

「彼はやっていないのですよ」

ふいに儀藤が言った。

「え？」

「あなたはおそらく、正岡氏が痴漢をしたと考えている。過去の行いから考えても、痴漢くらいしそうなヤツだ。痴漢をして捕まったのに、無罪になるなんて、何と運のいい男だろう」

ものの見事に、内心を見抜かれていた。返答に窮し、うつむくよりほかなかった。儀藤はファイルに目を落としたまま続ける。

「先入観は禁物ですよ。先入観が捜査員の目を曇らせるのです。それが、延《ひ》いては冤罪を生む」

「あの、一ついいですか」

有無を言わせず連れてきた挙げ句、説教かよ。さすがにムッときて、榎田は言った。

「こんな事件、再捜査する意味があるんですか？　正岡は無罪になった。それでいいじゃないですか。別に、誰も困っていないんだし」

「誰も困っていない。本当にそう思うのですか」

儀藤の表情がほんのわずか、険しくなったように思われた。そのことが、榎田の苛立ちを募らせる。

「ええ、思いますよ。そりゃ、正岡は災難でしたよ。無罪になったからって、世間の目は冷たいでしょうからね。仕事だってクビになってるかもしれない。だけど、もともと、そんなヤツだったんですから、仕方ないですよ。自己責任ってことじゃないですか。そんなヤツのために、再捜査するなんて、労力の無駄ですよ」

「被害者はどうなります?」

「え?」

「痴漢の被害者、上野由希子氏ですよ」

儀藤の言葉に、榎田はハッとする。正直、彼女のことは、すっぽりと抜け落ちていた。

「上野さん、いまどうしているんですかね」

「実名での報道はされていませんが、ネットなどでは氏名、住所もさらされているとか。実際のところ、正岡氏より上野氏に関する情報の方が、多いような状態です」

「酷いなぁ」

「痴漢冤罪には、大きく分けて二つのパターンがあります。一つは真犯人が別にいる場合。もう一つは、被害者が虚偽の証言をしている場合。むろん、このほかにもいろいろな状況が考えられ得るわけですが、一般の人は、痴漢冤罪と聞いたとき、まずこの二つを思い浮かべます」

儀藤の懸念が、榎田にも理解できた。正岡が無罪になったということは、由希子が嘘をついていた疑いが濃くなる。

儀藤は言った。

「あなたは、誰も困っていないと言いましたね。そんなことはない。上野氏のことを考えてごらんなさい。彼女はいま、高校三年生です。大学受験を控えたいま、家から外に出ることもできず、部屋に閉じこもっているとか」

「しかし、彼女が嘘をついている可能性もあるわけでしょう？」

「それをはっきりさせることが、私たちの使命なのですよ。正岡氏にしろ、上野氏にしろ、宙ぶらりんの状態はよろしくない」

儀藤は分厚いファイルを、榎田の前に置いた。

「今回の事件が起きたのは、羽田空港と成田空港を結ぶ、いわゆるエアポートスカイラインです。京急羽田線と新浅草線、そして京成電鉄への相互乗り入れで実現した新線……」

「そのくらい、ボクでも知っています」

「それは失礼しました。上野由希子氏は品川区東大井《ひがしおおい》在住、毎日、蔵前《くらまえ》にある私立高校まで通学していました。通学に使っていたのは、いまも言ったエアポートスカイライン。青物横丁《あおものよこちょう》駅から品川を経由し、蔵前駅まで、乗換なしで行けます。証言によれば、彼女が痴漢行為に気づいたのは、品川を出て少ししてから。車内はかなり混み合ってはいましたが、すし詰めというほどではなく、多少の余裕はあった。何者かがスカート内に手を入れてきたとのことで……」

儀藤はメガネを額に載せ、ファイルの文字を読もうとする。榎田はそれを止めた。

「痴漢行為の詳細はいいです。正岡が犯人とされた状況を教えて下さい」

「上野氏はそれまで、痴漢被害に遭ったことはなく、恐怖と驚きで身が竦み、身動きもできなかった。大門駅に到着する直前、傍《そば》にいた乗客、小田秀典氏が痴漢行為に気づき、正岡氏に詰め寄った。正岡氏は即座に否定、車内は騒然となり、同じく傍にいた男性、涌島一穂氏が、小田氏と協力して正岡氏を取り押さえ、大門駅ホームに連れだした。上野氏は呆然としつつも、駅員に促され一緒に下車、痴漢に遭った旨を伝えた……と」

「そのまま事務所に移動、ボクたちの到着を待ったわけですね」

「彼らは事務所から交番へ。そこであなたの上司でもあった田沢巡査部長が各人に簡単な聴取を行いました。その時点で、正岡氏は犯行を否認。結局、そのまま新大門警察署へ身柄を移され、さらに取り調べを受けることとなり勾留。そして否認のまま起訴……。ところで榎田君、あなたはこの件について、どう思いますか？」

「どう思うかと言いますと？」

「あなたは事務所から交番に至る過程で、彼らを見ています。そのときの印象を聞きたいのですよ」

「印象と言っても……」

「正岡氏はどんな様子でしたか？　上野氏は？　残る二人の男性は？」

そう言われても、榎田はただ、首を捻《ひね》るよりほかない。

「あの……すみません、気が動転していて、よく覚えていないんです」

「気が動転？」

「痴漢事件なんて初めてでしたし、緊張してしまって……。それに、応援の女性警察官たちが来てくれたので、ボクは後についていくだけで、何もしませんでしたから」

「そうですか……」

「役に立てなくてすみません」

榎田は頭を下げた。またいつものように、あきれられ、バカにされるのだ。

しかし儀藤は、ふわりと笑みを浮かべ言った。

「何も覚えていないか……。けっこう、けっこう」

ファイルを閉じると、大儀そうに立ち上がり、小さく伸びをする。

「さて、出かけるとしましょうか」

「出かけるって、どこへ？」

「話を聞くのですよ、関係者の皆さんから」

3

東晃《あずまあきら》弁護士は、白髪交じりの毛をかき上げながら、複雑な表情を見せて言った。

「まさか、警察の方が正面きって面会を申しこんでくるとは、思いませんでしたよ」

四十代後半、細身の体には気力がみなぎっているように、榎田には見えた。量販店で買ったと思《おぼ》しきグレーのスーツ、腕には安物の腕時計がはまっている。神田の外れにある事務所は雑居ビルの一室で、コンクリートの壁には大きなヒビが入っていた。室内は雑多を極めており、窓を塞ぐようにして書類やファイルが積み上がっている。それらの中に埋もれるようにして置かれた来客用の椅子に、儀藤と榎田は並んで座っていた。テーブルを挟んだ正面に、こちらの出方を窺うべく、目を光らせる東がいる。

儀藤はそんな相手の態度に頓着せず、いつもの間延びした調子で語りかけた。

「本来であれば、事件の担当検察官、刑事に話をきくべきなのですが、お恥ずかしいことながら、すべて拒否されてしまいまして。ご快諾いただいた先生のところに、いの一番、飛んで来たような次第で。先生のお噂はかねがね。正義感あふれる弁護士として、ネットなどでも賞賛されておりますなぁ」

歯の浮くような言葉に、東は苦笑しながら答えた。

「警察の方にそう言っていただけるのは、勲章をいただいた気分ですよ。かれこれ十年以上、冤罪事件と闘ってきましたから」

「頭が下がります」

そう言って儀藤は、本当に頭を下げた。榎田もそれに倣うべきなのかどうか、迷っているうちに、東と目が合ってしまった。榎田はすぐに目をそらす。百戦錬磨でもある東の目に、ちらりとではあるが、嘲《あざけ》りの色が浮かんだように思えたからだ。榎田は膝の上で両手を強く握り締める。

　東は刑事事件を中心に辣腕《らつわん》を振るってきた中堅どころの弁護士だ。殺人から痴漢、万引き事件まで、事の大小を問わず、依頼を受ければまさに粉骨砕身、無罪獲得のため奔走する市民の味方として、時おりマスコミにも取り上げられるほどだ。十年前、静岡県で起きた殺人事件の裁判で、逆転無罪判決を勝ち取り、一躍、時の人となった。その後も連戦連勝とはいかぬまでも、強盗致傷容疑で逮捕された少年や万引きの容疑者として補導された少女の潔白を証明し、いわゆる「駆けこみ寺」的位置づけの弁護士として名を売っている。

　儀藤はやや薄くなった頭をかきながら、続けた。

「それにしても、あなたが作った電車内の詳細な見取り図は見事でした。無罪判決は、あれが決め手になったようなものですから」

「正直に言えば、裁判官がどう判断するのか、薄氷を踏む思いでした。あれはあくまで、被告に痴漢行為をする暇がなかったことを証明しているに過ぎませんから」

　その見取り図は、榎田も確認していた。被害者である由希子が乗車した車内の動きを、様々な証言によって図にしたものだ。由希子の周りにどんな人物が立ち、一方、正岡がどんな動きをしていたのかを、詳細に示してみせた。

　儀藤は言った。

「図によれば、痴漢行為があったとされる大門駅手前で、上野氏の傍にいたのは、正岡氏を含め五人。うち二人は女性だった……そうでしたね」

「ええ。由希子さんは青物横丁駅で、三両目最後部のドアから乗車、混雑のため通路内に入れず、そのままドア付近にいました。五人は彼女を円形に取り巻くようにして立っていたのです」

「彼女の真後ろにいたのが正岡氏。彼の左側には小田氏、そしてそのさらに左には女性の……」

「菅明美《すがあけみ》さんがいました。そして、由希子さんの斜め前にも男女が一名ずつ。彼女から見て右側が男性の涌島さん、左側が女性で、栗林睦子《くりばやしむつこ》さん……ですか。電車は青物横丁を出てから、大門まで、開くドアが反対側になる。だから由希子さんは、大門までずっとドアを正面にして立っていたわけです」

「逆に言うと、逃げ場がありませんね。真正面は開かずのドアで、前後左右は人に囲まれている。ええっと、上野氏の証言によると、痴漢行為が始まったのは、品川駅を出てしばらくしてからの約五分から十分間。そして、大門駅到着一分前に、体がふらつき倒れそうになった」

儀藤は頭の中に見取り図を思い浮かべているのか、眉間に皺を寄せ、天井を見上げる。

「まず正岡氏の横に立っていた小田氏が異常に気づき、正岡氏を問い詰めた。彼は否定し抵抗。そこに涌島氏も加わって、車内は騒然とした状況になったわけですな。三人はもみ合いとなり、正岡氏が転倒、手すりで後頭部を打った——」

「そのせいで意識が朦朧となり、半ば無理やり、ホームに下ろされてしまったのです。正岡さんは、押上《おしあげ》にある勤務先の運送会社に行く途中で、右手には制服の入ったカバンを持ち、左手はつり革を摑んでいた。両手が塞がっていたため、痴漢などできるわけがない。その時点で、駅員や交番の警官がもう少し注意を払ってくれれば、このような冤罪事件は起きなかったと思うのですがね」

榎田はその場から逃げだしたい思いだった。正岡は別に出血もしておらず、取り押さえた二人や由希子本人も、転倒のことは言ってくれなかった。

「一つだけ気になることがあるのですが」

儀藤が右手を上げて言った。

「何でしょう?」

「あなたを含む弁護団の皆様がまとめてくれたこの図のおかげで、状況は明確になりました。ただ一点だけ、どうにも不明瞭な部分があるのです」

「それは聞き捨てなりません。我々は警察が行わなかった証拠集めをして、それによって無罪判決を得たのです。不明瞭な部分など存在しない」

儀藤はそんな抗議をあっさりと聞き流し、言った。

「正岡氏はボクサーを目指していたとか」

「ええ」

「彼は地元でも評判のワルだった。そこで更生の意味もこめ、中学の担任がジムに入れた。彼には才能があったのでしょうなぁ。メキメキと頭角を現し、プロテストを……」

「待ってください。そのことが今回の件とどう関係が？」

「ですが、暴力行為がもとでボクサーの道を断たれてしまった。それ以降、あちこちで小競り合いをしている。一度はヤクザものと大立ち回りを演じ、警察に事情をきかれている。被害届も出ていないので有耶無耶《うやむや》になりましたが、この喧嘩で正岡氏はヤクザ三人を殴り倒したとか」

「それは昔の話です。今はきちんと更生し、定職にもついている。無遅刻無欠勤、職場での評判も上々だった」

「正岡氏を取り押さえた二人ですが、報告書によれば、二人はごくごく一般的な会社員。格闘技の経験もなく、一人は日曜日、たまにサッカーをやる程度、一人は週に二回ジムに通う以外に運動はしていない。お二人とも、正義感にあふれた素晴らしい男性であると思いますが、ボクシング経験があり、喧嘩上等な生活を経てきた男性を簡単に取り押さえられるとは思えないのですよ」

東の表情が陰った。

「正岡さん本人によれば、そのあたりの記憶ははっきりしないそうで……」

儀藤はポケットから、するりと一枚の書類をだす。

「これは勾留中の記録です。正岡氏の右脇腹に痣《あざ》があり、彼が痛みを訴えていたとあります。医師の治療も受けています」

東の顔が再び引き締まる。

「これは我々も大いに問題としました。取り調べ中に受けた暴力の証拠だと、睨んでいるのですがね」

「それに関して、正岡氏は何と？」

「酷い取り調べであったことは、あなたがお読みになった報告書などにも書かれているはずです。弁護士は無論、家族とも連絡をとらせない。食事も水もとらせない長時間の取り調べ、刑事二人が怒鳴り散らし、髪を摑まれ、時には殴られたとも言っていました」

「つまり、この痣は警察官によってつけられたものだと？」

「そうに決まっているでしょう」

「正岡氏が痛みを訴えたのは、勾留初日です。医師の所見によれば、肋骨にヒビが入っており、けがをしたのは、ごくごく最近であろうと。つまり、交番に連れて行かれたときか、警察署に移され最初の取り調べを受けたとき、警察官によって殴られた可能性が高い――」

「医師の所見を私は断然、支持します」

「しかし、正岡氏は電車内で二人の男性と口論しています。そのときに、小田氏、涌島氏のどちらかによって……」

「それが不可能であったのは、先《さつき》、あなた自身が言及してくれましたよ。二人は格闘技経験もない。元ボクサーにそのような痣をつけることは難しいでしょう。つまりけがをさせたのは、警察官である可能性が高い。たとえば、あなたの横にいるような、屈強な男によってです」

榎田はカッと頬が熱くなった。

「そんな……ボクは暴力なんて……」

儀藤は穏やかに笑って、榎田を制した。

「しかしこれだけのけがですよ。いつ、どのような形でやられたのか、はっきりと判ったはずです。髪を引っ張ったりするのとは次元が違う。意識が朦朧としていたとはいえ、正岡氏ももう少しきちんとした対応ができたはずです」

「あなたは、冤罪によって勾留された人々の気持ちが判っていない。やってもいない罪で牢屋に入れられ、何日にもわたって、酷い取り調べを受け続ける。記憶の混濁や意識が飛ぶことだってある。証言が曖昧《あいまい》になって当然でしょう」

「本人にもよく判らなかった——、そういうことになってしまいますかねぇ」

「残念ながら公判では、この痣の件は大きな争点にならなかった。それでも、警察の横暴の証拠として、裁判官の頭には残ったはずだ。無罪判決の一要因となったことは否定できないと思いますね」

「けがと言えば……」

儀藤は写真が数枚、プリントアウトされた書類をだす。それを見た榎田はぎょっとなる。数枚にわたって写っていたのは、女性の太ももだった。おそらく、由希子のものだろう。右太もの内側に、細くて長い傷がついていた。

「この傷については、どうお考えです？」

「それについても、残念ながらはっきりとしたことは判りませんでした。由希子さん本人も、いつついたものか、覚えていませんでしたし」

儀藤は十数ページに及ぶファイルを、写真の上に置いた。

「ここにあるのは、事件当時の目撃証言です」

手の内を明かさぬまま、次々と話題を変えていく儀藤に対し、東は困惑気味だ。東主導で始まった会見だが、いまこの場を支配しているのは、儀藤だった。

「当日、車両に乗り合わせた人を見つけだし、話をきいたのですね。大変なご苦労だったでしょう。頭が下がります」

儀藤はまた、本当に頭を下げる。東は落ち着かなげに咳払いをすると、言った。

「勿論《もちろん》です。通勤通学で電車を利用する人は、同じ時間帯、同じ路線、そして同じ車両を利用することが多い。そこを狙ったのです。ただ、苦労したのは私だけではありません。支援者の皆さんが、毎朝駅前やホームに立ち、情報を募ってくれたからですよ」

「それらの証言を元に詳細な見取り図ができた。それでですねぇ、ちょっと気になる目撃証言があります……」

「またですか……」

　儀藤は報告書の細かな文字を指で追う。

「ああ、ここだ。ドア付近の座席に座っていた六十代会社員の証言。『あんた、何してるんだという男性の声がして、顔を上げた。すると、小柄な男性が正岡氏の耳元で何か囁くような動きをしていた。その後、正岡氏は観念したようにうずくまり、二人の男性に両側から抱えられるようにして、ホームへ下ろされた』」

「その方の証言は読みましたが、別段、問題はないと思いますが」

「正岡氏の傍にいたという小柄な男性。この方の身元は突き止められたのですか？」

「いえ、結局、判らず仕舞いでした。ただあのとき、狭い車内は騒然としていて、人が入り乱れるような状態だったと聞いています。それと、小田さんによる証言があります。正岡さんと口論になったとき、傍にいた男とぶつかったと。男は正岡さんの方によろけた。この六十代会社員の証言は、その瞬間を見たのだと考えます」

「ただ、同じような証言はまだ三つありますよ。優先座席に座っていた五十代後半の女性も、小柄な男性がまず、正岡氏に近づいた。黒っぽい服装をしていたとも言っていますね。その他にも……」

　東は苛立たしげに顔を顰《しか》める。

「集めた証言はすべて頭に入っているし、すべて詳細に検討しました。確かに小柄で黒っぽい服の男は、複数人の証言の中に出てきます。ただ、痴漢行為の行われた品川から大門まで、その人物は由希子さんに近づいていない。よって痴漢行為とは無関係、そう判断しました」

「肝心の正岡氏はその前後の記憶が曖昧。うーむ、困りましたね」

「申し訳ないが、我々の関知するところではありません」

「いやまぁ、それはそうですな」

儀藤はそう言うと、テーブルに積んだ書類を手提げカバンに戻し始める。

「それにしても少々意外でしたよ。警察が真犯人探しを始めるなんて」

東の口調は、どこか挑戦的だった。丸々と膨らんだ手提げカバンの重さを確認していた儀藤は目を上げる。

「逃げ得は許さない。それが私のモットーなのでして」

「まあ、健闘を祈りますよ」

儀藤はカバンから手を離し、東の顔をはたと見据える。

「公判におけるあなた、いや、あなたがたの主張は、上野由希子氏が嘘の証言をしている、そういうことでしたね」

「ええ」

「その根拠は何だったのですか」

「私の口からは言えませんよ。また、言う必要はないし、言うつもりもない。私の仕事は、正岡さんの無実を勝ち取ること。そして私はその職務を果たした。それだけですから」

「つまり、上野氏がどうなろうと知ったことではないと？」

「そこまでは言っていません。ただ、正岡さんの無罪を主張するためには、当然、別の主張が必要となります。裁判官が納得する、より合理的で明快な主張が」

「それが、虚言説でしたか」

「いけませんか？　正岡さんは両手が塞がっていた。由希子さんの近くにいて、痴漢行為が可能であったのは、小田さんだけだ。たしかに、小田さんが自身で痴漢を行い、バレそうになって横にいた正岡さんに罪をなすりつけようとした……この推理も成り立ちます。ただ、いくつかの証言から、彼は品川駅発車以降、由希子さんに背を向けて立っていたことが確認されている。よって彼にもまた犯行は不可能だったのです。ということは、由希子さんが証言するような行為をできる人物はいなくなってしまう。つまり、すべては彼女の虚言、嘘八百なのではないかと……」

榎田は儀藤を押しのけ、東の前に立った。

「あんた、よくそんなことが言えるな。上野由希子さんの身になって考えたことがあるのか！」

「もちろん、考えましたよ。考えた上で、無罪の主張をしました。ではこちらも言わせてもらいますが、事の発端はあなたがた警察にある。前後の状況をろくに調べもせず勾留し、厳しい拷問まがいの取り調べで正岡さんを苦しめた。あなたたちに、私を非難することができるのですか？」

冷たく言い返され、榎田には返す言葉もない。儀藤は哀しげに首を振る。

「ここでの言い合いは無益ですよ。行きましょう」

戸口に向かう儀藤に、東は冷たく言った。

「由希子さんの家庭には問題があった。二年前に両親が離婚、事件が起きた半年ほど前に、母親が再婚したとか。私が聞いたところによると、由希子さんは新しい父親に馴染めなかったようだ」

儀藤はカバンを提げたまま、こっくりとうなずいた。

「ご心配なく、これから話をききに行くところですよ」

儀藤はそうつぶやくと、恭しく頭を下げた。

4

青物横丁駅前の喫茶店に入ってからも、榎田の怒りは収まらなかった。

「いったい、何なんですかね、あの弁護士。社会のゴミってのは、ああいうのを言うんですよ」

儀藤はやや首を傾げ、目を細め聞いている。寝ているんじゃないかと、何度か顔を覗きこんだほどだ。彼は榎田の怒りを聞くだけ聞いた後、「しかしね」と低い声で言った。

「東弁護士の言うことは、間違ってはいませんよ。あなたは社会のゴミと言うが、正岡氏から見れば、彼こそがヒーローだ。絶体絶命の窮地から救いだしてくれたね。それにもう一つ、悪いのは警察なのですよ」

「そんな……」

「状況はどうあれ、無罪の判決が出た以上、我々は誤認逮捕したのです。正岡氏は、我々を訴えるでしょうねぇ」

「ええ!? もしかして、損害賠償ですか？」

「心配せずとも、あなた個人が払うことはないと思いますがね」

二人がいる店は、どこにでもあるチェーン店だ。客は少なく、コーヒーの味も平均的である。

自動ドアが開き、地味な顔立ちの男が入って来た。伏し目がちに、店内をうかがうと、背を丸めしゅんと肩をすぼめながら、榎田たちの前に立つ。

「上野です……警察の方ですか」

儀藤がさっと立ち上がり、奥の席を示した。

「お待ちしておりましたよ。どうぞ」

「すみません、病院で思った以上に時間がかかってしまいまして」

「病院というと、娘さんの？」

「はい……。回復傾向にあったのですが、あの判決が出て以来、また……」

それ以上きくことが憚《はばか》られるほどに、継父の表情は沈痛だった。儀藤はしばし口を閉じ、上野の反応を見守っていた。彼が「あっ」と顔を上げたのは、それから五分ほどしてからだ。

「注文がまだでした」

「彼が買ってきますよ。コーヒーでよろしいですか？」

儀藤に脇腹を小突かれて、榎田は慌てて立ち上がる。上野は「はぁ」と曖昧にうなずいたきり、また口を閉じてしまう。仕方なく、榎田はコーヒーを一つ買い、上野の前に置く。彼は泣いていた。

「どうして……なぜ、娘がこんな目に遭わねばならないのか……。娘は被害者なのですよ。それなのに、さらし者にされて、今度は犯罪者呼ばわりされて……。私はもう、どうしていいか判らない」

正岡の弁護団が、痴漢を虚言だと主張していたのは、ネットを中心に明らかとなっている。そこに出た無罪判決だ。世間の目がどのような形で由希子に向かうか、榎田でなくとも、想像はできる。

儀藤はいつも以上に、穏やかでゆっくりとした口調で語りかけた。

「立ち入った質問で恐縮なのですが、事件前、由希子さんとのご関係はいかがでしたか」

上野は頭を抱えたまま動かない。まもなく、はっと顔を上げ言った。

「すみません、いま、何かおっしゃいましたか？」

儀藤は同じ質問をくり返した。激怒されるのではないかとハラハラしていたが、上野は涙に濡れた顔をくしゃりとさらに歪めただけだった。

「娘は優しく生真面目なところがありましてね。再婚の話をしたとき、笑って『いいよ』とだけ言ってくれたのです。でも、本心は違ったのでしょう。実際生活を始めてみると、私を受け容れてはくれませんでした。ああ、そうは言っても、非行に走るとか、そんなことはありませんでした。じっと内側に溜めこんでいるような様子が傍目《はため》にも判って……」

上野はここでまたひとしきり、嗚咽《おえつ》する。儀藤は目を細め、身動きもせず上野が落ち着くのを待つ。

「……再婚は失敗だったのかと、別れることも考え始めた矢先、事件が起きました。一報を聞いたときは、頭が真っ白になりました。その後、猛烈な怒りがわいてきて、犯人を殺してやりたいと……」

上野は慌てて口をつぐんだ。それでも、潤んだ目の奥には、激しい炎の揺らぎがあった。儀藤は「うんうん」とうなずいた後、言った。

「失礼ながら、事件後に会社を変わっておられますね」

上野は世界を飛び回る商社マンだった。業界大手の商社に所属し、高い地位にもついていた。

それが今は、東京湾沿いにある倉庫管理会社の副部長だ。

　上野は言う。

「退職は自ら願い出たことです。娘……家族の傍になるべくいてやりたくて。前職は出張も多いし、帰宅も深夜でしたから。それと……」

　上野は深いため息をつく。

「裁判が終わったら、退職金で田舎に家でも買おうかと思っていました。環境を変え、家族で再出発したかった。それが……まさか、無罪だなんて」

　儀藤がちらりと榎田を見た。「これでも、再捜査は無駄と言えるか?」そう詰問されているようだった。

　感情の高ぶりを抑えきれず、上野は拳でテーブルを叩く。大きな音が店内に響き、店員たちがいっせいにこちらを見た。上野は構わず、続けた。

「しかも、うちの娘が嘘をついたかのような……そんなこと、あるわけがない。断じて、あるわけがない。娘は本当に痴漢に遭ったんです。娘は……娘は……」

　儀藤がそっと上野の肩に手を置いた。

「不躾《ぶしつけ》な質問ばかりで申し訳ありませんでした。もう終わりです。娘さんの所に戻ってあげてください」

　その腕に、上野はすがりついた。

「お願いです。娘は絶対に嘘なんか、ついていない。どうか、助けて……」

「大丈夫。私に任せておいてください」

ここで見せた儀藤の微笑みは、波穏やかな海原を思わせる、静かで心和らぐものだった。上野はその後、何度も頭を下げながら、足早に店を出て行った。

上野の涙の前に、榎田は何も言うことができなかった。捜査など無駄だと断じた自分が恥ずかしい。そして、彼らをどん底に突き落とした犯人が憎い。

今まで封じこめていた怒りの熾火《おきび》が、ブスブスと燃え上がり始めていた。

5

小田秀典と涌島一穂は、居心地悪げに、並んで腰を下ろしていた。浜松町駅傍にある、ファミリーレストランだった。一番奥まった八人掛けの丸テーブルを儀藤たち四人が占領している。テーブルにはコーヒーが四つ、真ん中に寄せて置いてある。小田と涌島は手をつけるつもりもないようだ。

小田は芝公園にある観光会社勤務、涌島は大門にあるホテルの客室係である。

公判を通じ何度も顔を合わせている二人は既に顔なじみのはずだが、その間には隠しようもないぎこちなさがある。関わった公判があのような結果となり、受け容れがたい後味の悪さが、二人の間に影を落としているのだ。

小田はどこか投げやりな調子で言った。

「もういい加減にしてくれよ。俺、正直、この件については早く忘れたいんだけど」

涌島がその横でうなずく。

儀藤は社長にお仕えする運転手のごとく、「はいっ、はいっ」と頭を下げ続ける。

「誓って申しますが、ご足労いただくのは、今回が最後でございます。どうか、ご辛抱を」

「辛抱って、こっちにも限度ってものがあんだよ」

小田に続いて、涌島も言った。

「何度きかれても同じです。僕らは痴漢の瞬間は見ていないんです。彼女が急に倒れこんだ。最初は貧血かと思ったんだけど、抱え起こしてみると、痴漢だっていう」

小田もまたうなずいて言った。

「彼女の傍にいた男は……そのぅ、彼だけだった」

「彼というのは、正岡氏」

「ああ。それで俺がまず、あんた何したんだって声をかけたんだ」

「正岡氏は否定した」

「何のことだって、すごい目で睨まれた。正直、怖かったけど、みんなも見てるし、引き下がれなくてさ。それで、この人のスカートの中に手を入れてただろうって告げた。そしたら、全力で否定して……」

口を尖らせて黙りこむ小田に代わって、涌島が言った。

「僕も傍で見てたんですけど、彼の態度は、けっこう酷かったですよ。暴言も吐いてましたし。いい加減なこと言うとぶっ殺すって、叫んでもいました。それ聞いて、ちょっとやばいなって思って」

「それで、加勢することにした」

「ええ、さすがに放っておけなくて」

儀藤は小田に目を移す。

「その後、もみ合いになってとありますが……」

「その辺がさ、俺もよく判らないんだよね。あいつ、俺に向かってもあれこれ喚《わめ》いてさ、摑みかかってきそうな感じだったから、俺、後ろに下がったんだ。そしたら、そこにいた人とぶつかって、俺もよろけた。で、体勢を立て直して、あいつの腕を押さえた」

涌島も続く。

「僕も上野さんの介抱を傍にいた女性の栗林さんに任せて、小田さんに加勢しました。無我夢中で左腕を押さえました」

儀藤がさっと右手を顔の高さに上げる。

「本日おききしたかったのは、まさにそのときのことなのです。正岡氏の様子に、何かおかしなところはなかったでしょうか。いや、もっとはっきり言いましょう。正岡氏は無罪となりました。その結果が出たからこそ言える、そんなことはありませんか？」

二人は顔を見合わせる。まず口を開いたのは、小田だ。

「そんなことって言われてもなぁ。知ってることは全部、話したし」

涌島は小田の言葉にうなずきつつも、やや釈然としない面持ちを見せた。それを見逃す儀藤ではない。

「涌島さんは、いかがですか？」

「これ、ずっと思ってたことなんですけど……」

そこまで言ったものの、踏ん切りがつかないのか、口を閉じてしまった。

儀藤は焦る様子もなく、ニコニコと微笑みながら言う。

「どんなことでもけっこうです。何か気づいたことがあれば、ぜひ」

それでもなお、涌島は迷いの色を隠せない。

「何か今になって言うのもどうかと思うんですけど……その……何て言うか、ちょっとつらくて」

痴漢の容疑者として取り押さえた男が、実は無罪であった。その罪の意識は、いよいよ重くのしかかっているのだろう。涌島はその重さに耐えかね、小田はそれを振り払おうともがく。二人もまた、苦しんでいるのだ。

儀藤も当然、そのことに気づいているはずだ。にもかかわらず、慰めの言葉一つ言わないのは、言ったところでそれが、何の力も持たないと知っているからだ。

長い沈黙の時間が過ぎた。それを破ったのは、小田だった。

「実は俺、ずっと気になってることがあってさ」

「えっ」と小田の方を見た涌島に対し、小田もまた弱々しく微笑んだ。

「警察署で話を聞かれたとき、けっこう緊張してさ。出てきた刑事はやけに態度がでかくて虫が好かねえし、あそこって独特の雰囲気があるからさ」

涌島の表情がみるみる緩んでいった。

「実は僕もなんですよ。本当のところ、厄介なことになったなって。会社には遅れるし、また怒られるなって、そんなこと考えていて」

「そうだよな。俺もそうだった」

小田は憑《つ》きものが落ちたように語り始める。

「正岡を押さえようとしたとき、すごく変な感じがしたんだ。あいつの力が急に弱まってさ」

儀藤のトロンとした目がわずかに力を帯びた。

「それは具体的に言うと、どのような感じでしょうか」

「それまでのあいつは、もう狂犬みたいだった。先も言ったけど、すごい目で俺らを睨んでいて、掴みかかってきそうな迫力があった。でも、いざ腕を押さえると、何だか掴み所がないくらい力が抜けていて、そのまま、後ろに引っ繰り返っちまったんだ」

涌島も大きくうなずきながら言った。

「僕も同じです。やばい奴だなって、本気でびびってました。でももう少しで駅だし、そしたら駅員が助けてくれるかなって。だけどいざ組みついてみると、何て言うか、ほら、ビニールの人形でどんだけ殴っても起き上がってくる……」

「パンチングドールでしょうか」

「多分それです。それみたいだったんです。ぐにゃってした感触だった。気がついたら、仰向《あおむ》けに倒れていて、呻《うめ》いてました。殴ったりはしていません。僕も小田さんも格闘技とか知らないし……」

小田はなおも首を傾げながら言った。

「後で聞いたらさ、あいつ、ボクシングやってたんだってな。だから余計に不思議だったんだ。本気だせば、俺らを殴り倒して逃げることもできたはずなのに」

儀藤はニンマリとした笑みを見せ、うなずいた。

「小田さんにもう一つおききしたい。正岡氏との口論が始まった直後、誰かとぶつかったと言いましたね。その人物の服装など、覚えていますか？」

「小柄で黒っぽい服装だったなぁ。俺とぶつかったせいでよろめいて、今度は正岡とぶつかりそうになった。その寸前で何とかバランスを取って、あとは……よく覚えていないな」

代わって涌島が言った。

「僕もその人は見ていました。巻きこまれるのが嫌だったんでしょうね。慌てて車両の中ほどに入りこんでいきましたよ。それきり、姿は見ていないです」

儀藤はうなずいて言った。

「目撃者の証言で、正岡氏を取り押さえたとき小柄な男性が傍にいたというものがあるのですが……」

小田が答える。

「あぁ、たしかにいたよ。でも、その人は関係ない。偶然、傍にいただけ。小柄な男は偶然、巻きこまれただけ。正岡を取り押さえたのは、俺たち二人」

「そうですか。いや、貴重なお話をありがとうございます」

「もういいのかい？」

「ええ。ありがとうございました」

儀藤は深々と礼をして立ち上がる。榎田も慌てて後に従った。

「なあ」

呼び止めてきたのは、小田だった。

「俺たち、やっぱ責任あるんだよな。無罪の人、捕まえちまったんだもんな」

儀藤はどこか哀しげな目で小田を見返した。

「私の言葉で気が晴れるのならば、申し上げますが……」

「いや」

小田は激しく首を左右に振った。

「やっぱいいわ。悪いな、変なこと言って。正直、どうしていいのか、判らなくてさ」

「もしかすると、あなた方も被害者なのかもしれませんねぇ」

「え？」

「これから、菅明美さんのところにもうかがおうと思っています。捜査の方はそれで一段落、だいたいの目星がつくと思います。我々の捜査が、あなた方の心を鎮める一助になれば良いのですが」

儀藤はもう一度、恭しく礼をすると、レジの方へと歩いて行く。小田は狐につままれたような面持ちだった。

儀藤を追いかけてレジに行くと、儀藤はボールペンを手にした店員の手元をのぞきこんでいた。

「ええ、儀藤です。漢字を間違えないで下さいね。精算できず自腹になってしまいますから」

6

　レストランを出たとき、日はとっぷりと暮れていた。浜松町駅周辺は、帰宅を急ぐ会社員たちでいっぱいだ。

　儀藤はそんな人波に揉まれつつ、榎田に言った。

「すっかり暮れてしまいましたが、まだ我々にはやることがあるのです。今夜は家に帰れないかもしれません」

「ボクなら別に構いませんよ。家に帰ったって、することもないし」

「何も予定はないのですか？」

「はい。いつも、勤務を終えて寝に帰るだけです」

「おやおや、これからの警察を背負って立つ人間が、そんなことではいけませんねぇ」

「そう言われても、ボクは友達も少ないし……」

「私としたことが、相棒のプライベートに口を挟んでしまいましたね。申し訳ない。忘れて下さい」

「相棒？」

「短い間とはいえ、あなたは私の相棒です。今回の捜査に関わっている間は、一蓮托生なのですよ」

「何だか、あんまりうれしくないなぁ」

「それにしても、酷く浮かぬ様子ですねぇ。どうかしましたか？」

「実はどうしても引っかかることがあるんです」

「よければ聞かせて下さい」

「今回の件、関わった人たちは、皆、傷ついています。正岡は冤罪で苦しみ、由希子さんは痴漢被害と中傷に、小田、涌島の二人ですら、冤罪の片棒を担いだという思いで苦しんでいる」

「その通りです」

「そんな中、一人だけ得をした人がいるんです」

「それは？」

「由希子さんの父親です」

「なるほど」

儀藤はとっくに気づいていたはずだ。それでもわざと惚《とぼ》けて、榎田自身の口から喋らせようとしている。

「由希子さんが痴漢被害に遭ったことで、家族の有りようが変わり、離婚寸前だった上野氏は、一転家族を手に入れた」

「今回の件は継父が仕組んだことではないか、あなたはそう考えているのですね」

「継父が正岡を雇ってやらせたとしたら……こんなことを考えている自分に、心底、吐き気がします」

「いやいや」

儀藤は足を止め、榎田の目を覗きこんだ。

「警察官たるもの、あらゆる可能性を考える必要があります。たとえそれが、人の道から外れるようなことであってもね」

「でも……」

「あなたはそれに耐えねばなりませんよ。耐えて正面から向き合うのです」

「できませんよ、そんなこと」

「できないのは、あなたにある決定的な要素が欠けているからです」

直接的な物言いに、榎田は少なからず熱くなった。

「何です？　ボクに欠けているものって」

「怒りですよ」

儀藤はニヤリと笑うと、話はこれで終わりとばかり、スタスタと歩き始めた。

怒り……。

榎田はなおもその場に留《とど》まり、儀藤の言葉を反芻《はんすう》する。歩道の真ん中で立ち止まる榎田に人の波が割れる。肩と肩がぶつかり、舌打ちも聞こえる。

十メートルほど先で儀藤が立ち止まり、こちらを振り向いた。大きく手を振っている。「死神」と呼ばれる小男は、自分をどこへ導こうというのだろうか。

新宿にあるビジネスホテルのロビーで、榎田は欠伸《あくび》を必死にこらえていた。時刻は既に午前一時を回っている。一階にあるラウンジも既に閉まり、ロビーの人影もまばらである。正面入口が見渡せるソファに腰を下ろし、横にいる儀藤を見る。

「いつまで待たせるんでしょう。約束は十二時だったんですよね」

「まあ、向こうにも都合があるのでしょう。こんな時間に会ってくれるだけでも御の字ですよ」

「菅明美さんでしたっけ？　事件のとき、由希子さんの傍にいた人ですよね」

「彼女は由希子氏の左なな後ろ、小田氏を挟んで、正岡氏のすぐ傍に立っていました。痴漢行為そのものを目撃したわけではないのですが、正岡氏の挙動がおかしかったことを、はっきりと証言しています。体の位置を微妙に変えたり、息づかいが妙に荒かったりと」

「現場にはもう一人女性がいましたよね」

「栗林睦子氏です。涌島氏に言われ、駅到着まで由希子氏を介抱していた方です。しかし東京在住の明美氏と違い、彼女は事件後、海外赴任が決まりましてね。以後、ずっとドイツにいるのです。今回の件で直接、話を聞くのは難しいようです」

「明美さんは東京在住って言いましたよね。ならどうして、ホテルなんかで待ち合わせを？」

「お住まいは目白にあるマンションだそうですが、警察官の訪問は避けて欲しいと、東弁護士を通じて連絡がありました」

「どうしてです？」

「さあ。ご結婚はされていないようですが、同居されている方がいらっしゃるのかもしれません」

「自分が悪いことをしたわけでもないのですから、気にしなくてもいいのに」

「あなたはまだ、我々警察官が世間からどう見られているのか、よく判っていないようですね。まあ、そのうち理解できますよ」

自分が未熟者扱いされているようで、榎田としては面白くない。もっとも、未熟であることは事実なのだが。

儀藤の携帯が震えた。

「先生ですか。いえいえ、大丈夫ですよ。警察官に昼も夜もありませんから」

かけてきたのは、弁護士の東らしい。儀藤は東が目の前にいるかのように、ぺこぺこと頭を下げている。

「はい、ご指定のホテルでお待ちしているところです。いえいえ、構いませんよ。待つことには慣れております」

儀藤が携帯をしまったタイミングで、エレベーターホールの方から来た女性がおずおずと声をかけてきた。

「あのぅ、警察の方でしょうか」

儀藤がぴょこんと立ち上がり、名刺を差しだした。

「警視庁の方から来ました、儀藤と申します。彼は榎田です。お忙しいところ、恐縮です」

「菅明美です。こちらこそ、すっかりお待たせしてしまって……」

明美は地味なスーツ姿であったが、長い黒髪が印象的で、ほんの少し吊り上がった目と薄い唇が、冷たい美を感じさせる。こんな女性が前から歩いて来たら、つい道を空けてしまうだろう。そんなことを思いながら、榎田は彼女に見とれていた。

明美は言う。

「実は私、ネット通販会社でバイヤーの仕事をしています。明日は朝から商談があるもので、ここに泊まっているのです。よろしければ、部屋でお話をさせていただいても?」

儀藤はうなずく。

「もちろん」

「では、どうぞ」

彼女の案内で、十七階にある彼女の部屋へと向かった。

エレベーター、廊下共に人気《ひとけ》はなく、フロアは静まりかえっていた。

カードキーでドアを開け、明美が先に部屋へと入る。部屋の真ん中にはダブルベッドが据えられている。部屋に一歩踏み入れただけで、榎田は胸の鼓動が速くなる。入ってすぐ右手にはバス、トイレに通じるドアがあり、部屋の奥にはデスクと椅子、その向こうの窓からは、新宿の夜景が一望できる。明美は儀藤に椅子を勧めた。

「申し訳ありません、榎田さんには座っていただくところが……」

「構いませんよ、彼は立ったままで」

窓際に立つよう、儀藤が手で示す。ぞんざいな扱いには慣れているので、黙って従う。

明美はベッドの縁にそっと腰を下ろし、顔にかかる髪をかき上げた。そうした仕草がいちいち色っぽく、榎田はモジモジと落ち着かない気分になる。

「それで、おききになりたいことというのは？」

「正岡柳次郎氏のことは、お聞き及びですね？」

「はい、もちろん。正直、驚きました」

「その件を再捜査しておりましてですね、関係者の皆様から再度、お話をうかがっているわけです」

「きかれたことにお答えはするつもりですが、何だか申し訳ない気持ちでいっぱいです。私の証言が冤罪を招いてしまったなんて……」

「その件については、気になさらないで下さい。あなたに責任はありませんので」

儀藤は実にあっさり言い放つと、明美の顔にじっと視線を注ぎながらきいた。

「あなたは、品川駅から乗車、正岡氏を取り押さえた小田氏の隣に立っておられた」

「ええ。乗客の乗り降りで立ち位置は変わっていましたが、基本的には小田さんの隣にいました」

「ええ」

「小田氏を挟んで正岡氏、そしてすぐ斜め前に上野由希子氏がいた」

「小田氏が間にいたのに、あなたは正岡氏の不審な様子に気づいたわけですね」

明美は苦笑ぎみに微笑んだ。

「同じ質問を何度もされましたわ。でも、私も女性ですから。男性の動きには敏感です。実際、正岡さんは中腰になったり、意味もなく左右を確認したり、気味悪く微笑んだりされていましたから」

「それは、彼の無罪が確定した今も、変わりませんか」

「ええ、変わりません」

「もう一つ。あなたは正岡氏と小田氏が口論となった際、黒っぽい服の小柄な男性に気づきましたか?」

「これも既にお答えしている質問ですが、そうした人物に私は気づきませんでした。すぐ傍で男性二人が喧嘩を始めたわけですから、そちらに気を取られてしまって」

「なるほど。正岡氏の挙動にはすぐに気づいたけれど、黒っぽい服の小柄な男には気づかなかったと」

明美の顔から穏やかな表情が消えて行く。

「それはどういう意味でしょうか。先から聞いていると、あなたの質問には……」

儀藤は手提げカバンからだした一枚の写真を、彼女に突きつける。

「これは被害を受けた直後、警察署で撮影した由希子氏の太ももの写真です。内側のところに、切り傷がありますね。結局、これが何でついたものかは判らず仕舞いでした」

「それが……何か？」

明美の頬がさっと赤くなった。儀藤はすかさず、もう一枚の写真をだす。携帯で撮った画像を拡大したものだった。正岡が転倒し騒然とした車内が写っている。真ん中にいるのは、驚愕の表情で口に両手を当てている明美だ。その右手人差し指には、大きなダイヤの指輪がはまっている。

儀藤は榎田と初めて会ったときのような、どこか爬虫類《はちゅうるい》めいた粘着質な笑みを浮かべる。

「このダイヤ、大切なものなのでしょうねぇ。まさか、処分はされていないと思いますが」

「……それはどういう意味かしら？」

「鑑識で調べさせていただきたいのですよ。微量ながらも、由希子氏の血液が検出される可能性もあるので」

「な、何を言っているの、あなた」

「彼女に対し痴漢を行ったのは、あなただったのでは？　正岡氏に罪を着せるために」

「バカなこと……言わないで……」

明美の視線が泳いで、なぜか、チラチラとトイレに通じるドアを気にしている。その様子に気づいているのかいないのか、儀藤は話を続けた。

「別に由希子氏でなくても良かったんだ。そして、罪を着せる相手も正岡氏である必要はなかった。彼ら二人は、運が悪かった。本当に運が悪かった。ただ、それだけの理由で、痴漢の被害者にされ、容疑者とされ、人生を壊され、今もなお、苦しみの中にいるのですよ」

突然、明美が自分の服を裂き始めた。首筋から肩にかけての白い肌が露わとなる。彼女はベッドの真ん中で膝立ちとなり、充血した目で儀藤と榎田を睨んだ。

「この状態で大声を上げてもいいのよ。このまま部屋を飛び出たら、どうなるかしら。警視庁の警部補に乱暴された。マスコミが飛びつくわ」

「おやおや、それは私も時々使う手……そのようなバカな真似はお止めなさい」

「あなたがたには、これから酩酊していただくわ。事件の証人を聴取と偽ってホテルの一室に誘い、飲酒をして暴行。懲戒免職じゃ済まないわ」

「私は酒など飲んでおりません。酩酊も……」

「これからするのよ」

トイレのドアが開き、黒いパーカーを着た男がふらりと出て来た。背はさほど高くはない。それでも全身から放つ殺気は、榎田を充分に怯《ひる》ませるものだった。体は引き締まっており、両拳は大きく岩のようだった。

明美はケラケラと笑う。

「ここでのことはすべて忘れて、再捜査なんて止めるの。そう約束すれば、あなたがたは無事帰れる」

こんな状況でも、儀藤は椅子に腰掛けたまま、どこか眠たげに目をしょぼつかせている。

「私がお渡しした名刺を見ていただけましたか」

「はん？」

明美は、乱れた服のポケットから名刺を取りだす。

「その名刺をよくご覧下さい。所属も、連絡先も書いていないでしょう？　マスコミに流すのであれば、どうぞお流し下さい。警視庁の広報が、このような人物は存在しないと申し上げるだけですから」

明美は名刺と儀藤の顔を何度も見比べる。

「そ、そんなバカなこと……」

「私、最初に申し上げましたよね。警視庁の方から来ましたと。警視庁から来たとは、一言も申し上げていませんよ」

「な、何それ。詐欺!?」

パーカーの男が野太い声を張り上げた。

「バカ野郎、そんな男の言うこと、真に受けんじゃねえ。こいつは間違いなく警官だ。そっちに立ってるでくの坊もな」

儀藤がニヤリと笑う。

「おや、どうしてそんなことが言えるのです? あなたとは、初対面のはずですが……。ああ、そうか。あなたの雇い主が連絡したのですね。冴えない小男と図体《ずうたい》のでかい男を何とかしろ。奴らは上野由希子氏の事件を再捜査している警官だと」

榎田は首を捻る。

「しかし、警部補とボクが一緒に捜査していること、警察内部でもほとんど知られていませんよ」

「つまりは今日、我々と会った人物がこの二人に連絡したことになります。そう言えば榎田君、あなたは今回の事件で得をした人物が一人だけいると言っていましたね」

「ええ。由希子さんの継父です」

「もう一人いるではないですか」

「え?」

「この裁判を担当し、見事、正岡氏を無罪として、警察の横暴を糾弾し、正義の弁護士として名をあげた人物が」

「まさか……東さんですか!?」

「私は明美さん、あなたの連絡先をきくため、あえて東氏に電話をしました。あなたは東氏から連絡をもらい、こうして用心棒の彼までつけて、待ち受けていた。違いますか？」

明美の顔から血の気が引いていく。ベッドの上を、男の方へとジリジリ移動していく。

「ちょっとこいつら、何か変だよ。ただの警官じゃないみたい」

一方、パーカーの男はただ冷たい目で儀藤たちを見つめるだけだ。

「こいつらが何者だろうと知ったことかよ。邪魔ならぶっ殺して埋めればいい」

「ちょっと、あんた何言ってんの。相手は警察だよ」

「うるせぇ」

男は明美の顔をしたたかに殴りつけた。彼女はベッドの向こうにはじき飛ばされ、そのまま動かなくなった。榎田の位置からだと、天井に向かって突きだした白い足だけが見える。

儀藤は腰を下ろしたまま言った。

「電車にいたのは、あなたですね。正岡氏と小田氏の口論の様子を見つつ、揺れでふらついたように見せながら、小田氏にぶつかり、その直後、正岡氏の腹に拳を入れた。彼の脇腹にあった痣は、あなたがつけたものだ。それにしても、元ボクサーの懐に入り、パンチを入れるとは、あなたもなかなかの腕前ですねぇ」

男は何も言わず、巨大な拳を前に突きだしてみせた。

「さあ、どこからがいい？　あの女、顎が砕けてる。当分、飯も食えねえよ」

「あなたが誰に雇われたのかは、あえてききません。今後、口座の入金状態などを調べれば、あなたと東弁護士の繋がりは明らかになるでしょう」

「あんた、今の状況が判ってんのか？　まだ捜査を続けられるつもりでいんの？」

「東弁護士には少々、不思議なところがあったのですよ。人権派だの正義の味方だのと言われながら、正直、勝訴の数は少ない。しかし、負けがこんでくると、なぜか鮮やかな勝利を挙げる。少年の強盗致傷もそうでした。少女の万引き事件もね。ひょっとすると、すべて仕込みですか？　あなたがたによる？」

榎田は愕然とした。あの日、駅の事務所で由希子は涙にくれながら、椅子の上で肩を震わせていた。彼女の継父は娘のために、人目も憚らず号泣していた。それがすべて、仕組まれたでっち上げのせいだった……。もし儀藤の言うように、そうした行為が過去に何度も行われていたとしたら。いったいどれだけの人々の人生が、無残に破壊されてきたのだろう。彼らにはなんの落ち度もなく、たまたま、運悪く標的にされただけだというのに。

榎田の奥底で燻《くすぶ》る熾火に、ひと筋の炎が上がった。それは止めどなく広がり、体全体を包んでいく。

パーカーの男がパキポキと指を鳴らしながら言った。

「だったらどうだって言うんだ。あの先生、静岡の事件でヒーローになって、舞い上がっちまったんだ。あのときの感覚が忘れられなくなったんだよ。まあ、仕込みに使われた奴らは、運が悪かったとあきらめてもらうよりねえな」

儀藤は榎田に向かって言った。

「先制攻撃はまずい。最初の一発だけ、我慢して下さい。後は好きなようにしていいですよ」

榎田は儀藤と男の間に立つ。

儀藤の声は続いた。

「万が一、殺してしまっても、心配いりません。私が何とかします」

「死ぬのはテメエらだよ」

男のパンチは素早かった。ふと気づいたときには、脇腹の少し上、急所とされる場所に激痛が走る。さっと視界が開けた。辺りを覆っていた灰色のベールが一瞬にして吹き飛んだ。耳の後ろにヒリヒリとした緊張を感じる。男の動きがよく見えた。首筋に浮き出た血管、頬を伝う汗、かすかに前後する右肩、忙《せわ》しなく動く眼球まで、すべてを同時に捉えることができた。

男が向かってくる。右の拳が繰りだされる。榎田は男の顔面に己の拳を叩きこむ。快感だった。男は紙切れのように吹き飛び、トイレのドアに激突した。意識はまだ失っていない。ぼやけた視界の中で、何が起きたのかを確かめようとしている。榎田は横たわる男の前に立つ。相手の首を摑むと、掌《てのひら》で顎を強打する。血にまみれ、男は手足を投げだした。もはや意識はない。

榎田は大きく息を吐き、振り返った。

「ここで、止めておきます。こいつの証言がないと、あの弁護士に逃げられるかもしれない」

儀藤は白い歯を見せて笑った。冴えない小男だと思っていた彼の体が、大きく見える。そしてその笑顔はとても清々《すがすが》しい。

「榎田巡査、あなたはいい警察官になる」

7

道場の中は物音一つせず、居並ぶ者たちは微動だにしない。男たちに囲まれた中で、榎田は自分の構えを崩さずにいた。相手は有利な体勢に持ちこむべく、足を含む様々な技をしかけてきた。榎田は冷静に一つ一つを捌《さば》く。相手の動きがよく見える。あのときと同じだ。耳の後ろがヒリヒリする。あの夜、ホテルの一室で男を相手にしたときと——。

開始一分半、胸元に伸びてきた太い腕を払った瞬間だった。攻めに疲れたのか、腕の引きが遅れた。わずかに開いたその隙間に、自分の腕をねじこみ、一気にたぐり寄せ、そのまま相手を背に負った。背負い投げ一本。

審判の声を聞くまでもない。榎田は胴着を直し、小さく息をついた。

警視庁内で行われる選抜柔道大会決勝。三連覇を狙う相手を、榎田は力でねじ伏せたところだった。

「鬼の四機」と言われる警視庁第四機動隊に配属され一年がたつが、いまだ、榎田に対して白い目を向ける者は多い。東弁護士の逮捕によって一気に表面化した冤罪事案。それらの暴露に榎田が深く関わっていたことが、噂となって組織を駆け巡ったためだ。

それでも榎田は前に進むことを止めなかった。あの日、由希子の父親が流した涙の記憶は、深く脳裏に刻みこまれている。今はこの腕で、周囲をねじ伏せるだけだ。一度燃え上がった怒りの炎は、いまだ榎田を突き動かし続けていた。

ふと観客席を見上げる。小太りの男が、そっとドアの向こうに消えるところだった。

儀藤警部補――。

その姿を見間違えるはずもない。

榎田はすでに閉じているドアに向かって頭を下げた。

死神の背中

1

米村誠司《よねむらせいじ》は湿らせたティッシュを、妻の唇にそっと当てる。妻の楓子《ふうこ》は目を閉じたまま、わずかに眉を寄せた。白く乾燥していた唇が、かすかな赤みを帯びていく。ベッドのある南側の部屋は、暖かな日差しに包まれており、米村をホッとした気分にさせてくれる。

四年前、楓子が認知症の診断を受けたときは、目の前が真っ暗になったものだ。

『まあ何とかなるわよ。そんなに、心配しないで』

落ちこむ米村を楓子がなぐさめることとなり、『これじゃあ、あべこべだ』と二人して笑い合ったのがつい昨日のように思いだされる。

細くなった指を一本一本さすりながら、こんな夫によくついてきてくれたものだと、しみじみ思う。

米村の仕事は警察官だった。高卒からの叩き上げで、所轄の刑事課に長く勤めた。上司の勧めで、当時所轄の交通課勤務であった楓子と見合いをし、結婚した。当時の楓子は、交通課の若きエースだった。成績は常にトップであり、それに加え、交通取締中に指名手配犯を発見、確保したり、強盗事案において犯人の逃走経路を見事に言い当てたりと、その名は交通課だけにとどまらず警視庁本部にまで届いていたという。

刑事課にスカウトするとの声も上がっていたが、結局、そうした話はすべて流れ、米村との見合い話が持ち上がった。彼女はそのことについて、多くを語らなかった。ただ、彼女に一目惚れした凡庸《ぼんよう》な警察官のプロポーズに、「はい」とうなずいただけだった。そして、彼女は警察官を辞めた。異動して警察にとどまる道もあったのだが、彼女はそれを選ばなかった。以後、仕事への未練を述べたことは一度もない。

一方の米村は、そんな妻の態度に甘えるがごとく、仕事に誠心誠意打ちこんだ。キャリアなどではないため、出世に限界はあるが、それでも、若くして刑事課に入れたのは、努力の賜物《たまもの》であったと自負している。

結婚してからの米村はますます仕事にのめりこみ、家庭を顧みることなどほとんどなかった。子供にこそ恵まれなかったが、こうして自分の今があるのは、すべて妻のおかげだと思う。

米村は冷たい手を握る。

こんなことなら、もっと話をしておけばよかった。自分の思いを伝えておくべきだった。

「ありがとな」

妻からの返事はなく、目を閉じたまま眠り続けている。

診断を受けた後、病は非情だった。明るく活動的で、時に米村以上に頑固であった妻の人格は、みるみる崩れていった。入退院をくり返した後、体が弱り、二十四時間の介護が必要となった。

自宅で死にたいという妻の意思は、病が重くなる前に聞いていた。これからは、妻のために生きる。そう決めていた米村は、四十年勤めた警察を辞めた。ベッドなど、在宅医療に必要なものは、すべて揃えておいた。この部屋も、もともとは米村が書斎として使っていた部屋だ。膨大なファイル、額に入れた表彰状などをすべて運びだし、妻の寝室へと「模様替え」をした。

「隣にいるからな」

妻に告げると、隣の居間へと移動する。居間といっても、座り慣れた椅子とテーブル、テレビがあるだけの殺風景な部屋だ。壁際には胃瘻《いろう》用の流動食の箱、オムツの袋が無造作に置いてあった。食堂のテーブルには、一日に飲む薬の袋が並ぶ。これらはすべて砕いて、流動食の中に入れるのだ。

毎朝七時に起き、オムツを替え、食事の用意をして、体温、血圧などのチェックをする。それらをノートに書きこんだ後、ゴミ出し、部屋の掃除、最後に妻の部屋でしばらく過ごし、居間に戻る――これが米村の日課だった。

インスタントコーヒーをいれた後、窓の前にあるアロマディフューザーのスイッチを入れた。

中には、サンダルウッドのリキッドが入っている。白いドームの先から、白く細い霧が噴きだした。白檀《びゃくだん》の香りが部屋に広がっていく。これは警察官時代の習慣だ。激務に追われる中、先輩からすすめられた。香りが神経を休めてくれるという。最初は、先輩の手前、仕方なしに使い始めた。頃合いを見て止めようと思っていたが、いつしか止められなくなってしまった。仕事を辞めてからも習慣だけは残り、慣れた香りが今日も米村の体にしみこんでいく。この習慣について妻は何も言わなかったが、今にして思えば、あまり好きな香りではなかったのかもしれない。

テレビの前の椅子に座ると、新聞を開いた。これもまた習慣である。

新聞は今も、主要紙すべてをとっている。それらの三面記事に目を通し、社会欄を拾い読み、テレビ番組と天気を確認するのがいつものコースだ。だが今日は、一面のトップニュースから目が離せずにいた。

二十五年ぶりに釈放された小木曽光三《おぎそこうぞう》さん、近く会見か。そんな見出しが各紙に躍っている。

小木曽光三、その名を聞くたび、胸が締めつけられる。そうか、再審が認められ、無罪が確定。いよいよ、口を開き思いの丈を述べるのか。

当時の暗い記憶が頭をもたげてくる。それを無理やり抑えこみ、手早く新聞を畳んだ。

インターホンが鳴った。午前十一時十五分。玄関を開けると、白衣をはおった男が、淡いブルーのセーターを着た女性と共に立っていた。玄関前には、白のワゴンが止まっている。車椅子ごと乗り降りができる最新型だ。男は訪問診療を専門としている箱田《はこた》一正《かずまさ》、女性は彼の妻で看護師の順子《じゅんこ》である。

「やあ」

気心が知れているため、挨拶もその程度だ。二人は笑顔で会釈すると、「失礼します」と玄関で靴を脱ぐ。

「お変わりはないですか？」

箱田の問いにうなずくと、妻の部屋をノックする。彼女の意識がどうあろうと、入室の際はノックをする。意思ある人に対する礼を失しないよう、米村は努めていた。

「先生が来て下さったよ」

米村がドアを開け身を引くと、箱田と順子がすっと中に入る。

「米村さん、米村楓子さん」

箱田と順子が妻に呼びかけている。

箱田たちとの出会いは、三年ほど前にさかのぼる。在宅医療について調べているとき、警察の仲間から紹介されたのだ。病院ではなく自宅での看取《みと》りを――箱田はそんな信念を持って、訪問診療に打ちこむ医師だった。彼はいま、三十八歳。大病院勤務という安定を捨て、地域と高齢者に寄り添う姿に、米村は感動した。連絡があれば、日曜だろうが深夜だろうが患者のもとに出向く。それでいて収入はかつての半分程度になっているだろう。それでも、箱田はいつも前向きに笑っている。

『最近は寄付をしてくれる方も増えているんです。このワゴンだって、買うことができました。今度、新しい診療所に引っ越すんです』

今では、米村がもっとも信頼を寄せる医師だった。それは、楓子も同じに違いない。

二年ほど前、楓子の意識が混乱し、米村を激しく拒絶した時期があった。投薬なども拒否し、米村を激しくなじることもあった。途方に暮れる米村に代わり、箱田は根気よく楓子とコミュニケーションを取り続けた。やがて妻は、箱田の言うことには従うようになった。その頃、妻の病室に入るのは箱田と順子だけ。米村は居間でじっと待機する日々だった。混乱はひと月ほどで治ったが、あのときほど自らの無力感に苛《さいな》まれたことはない。箱田がいなかったら、どうなっていたか。

箱田は現在、週に二度のペースで、自宅を訪問してくれる。箱田と順子、米村の三人で、楓子を見守る日々だ。

箱田が脈を取り始めたとき、再びインターホンが鳴った。今日は箱田たち以外、来客の予定はない。食料品の配達やオムツなどの定期宅配は明日以降のはずだ。首を傾げつつ、米村は玄関に行き、ドアを開いた。

戸口にいたのは、小太りの冴えない中年男だった。喪服を思わせる黒いスーツを着て、額の汗をハンカチで拭っている。

「どちら様で?」

「米村誠司さんですね?」

男は慇懃《いんぎん》に頭を下げ言った。

「ええ。あなたは?」

皮の厚い、ややむくんだような手に一枚の名刺が載っていた。

「警視庁の方から来ました、儀藤堅忍《ぎどうけんにん》と申します」

警視庁という言葉だけで、足の力が抜けてしまいそうになった。よろけそうになる体を、壁に手をつき支える。

死神だ。

まさか、来たのか。よりによって、俺のところへ……。

呼吸を整え、米村は名刺を受け取った。階級と名前以外、何も書かれていない。

「おいでになったのは、小木曽の件ですか」

儀藤は「はい」とうなずいた。

「無罪判決が出ましたので、私が再捜査を行うことになりました。二十五年前に起きた、河田《かわだ》統良《のりよし》君誘拐事件の」

もっとも聞きたくない名前だった。せき止めていた記憶の奔流が頭になだれこんできた。

それでも米村は、わずかの抵抗を試みた。

「協力したいのは山々だが、私は妻の介護をしていましてね。家を空けることができない。買い物に行く時間もなくて、食べ物を宅配でお願いしているような有様だ」

「その点ならご心配いりません。捜査中は二十四時間、ヘルパーを派遣する手配をしております。もちろん、何かあった場合は捜査を中断し、こちらに戻られてかまいません」

その辺り、ぬかりはないわけか。

「あなたは捜査と言われたが、私はもう警察官を退職した身だ」

「米村さんは本日より、警視庁特別捜査官として採用されました」

「あれは、サイバー犯罪などに対応するための特殊技能者の……」

「今回はあくまで特例です。すべては私の責任で行っております」

逃げ道は完全に塞がれているようだった。

「正直、気が進まないんだ」

「申し訳ないのですが、何としてもご協力いただきたいのです」

「しかし、どうして私なんだ？　私は二十五年前、たしかに河田君誘拐事件の捜査本部にいた。しかし、誘拐事件の犯人だと疑われ、捜査から外された人間だよ」

2

儀藤が米村を連れていったのは、駅前にある交番だった。中には二人の制服警官がいたが、前もって話を通してあったのだろう、儀藤と米村を奥の小部屋に通してくれた。

結局、儀藤の言うがまま、連れだされてしまった。儀藤は家に残っていた箱田にも話を通し、さらに、前もって依頼してあったのだろう、まもなくベテランのヘルパー二人がやって来た。突然のことに、箱田は面食らっていたようだったが、数々の修羅場をくぐり抜けてきた経験からか、すぐに納得してくれた。

『捜査が終わるまで、精一杯、フォローさせてもらいますから、何でも言って下さい』

いつもながらの爽やかな笑みを残し、箱田は去っていった。妻を一人残していくことにためらいを覚えつつも、もはや介護を理由にした言い訳は使い果たしてしまった。残された選択肢は、儀藤と共に行く、それしかなかったのである。

用意されていた部屋は、給湯室が併設された殺風景なものだった。会議用の椅子とテーブルが隅に寄せてある。儀藤はそれらを部屋の真ん中に置き、壁際にある大きな段ボール箱六つを次々開け始めた。

「届けておいてもらったのですよ。何しろ、資料も膨大ですからねぇ」

箱に入っていたのは、表紙がボロボロになったファイルだ。すべて、河田統良誘拐事件の資料のようだ。

「いつもなら、捜査本部が置かれた所轄を使うのですが、小木曽光三氏の無罪を受けて、マスコミがウロウロしています。こちらでご辛抱を」

「いや、私は別に構わないのだが……」

やはり気が進まない。あの件にはもう、関わり合いたくなかった。こんなことで妻との貴重な時間が削られることにも、我慢がならなかった。

「しかし、死神には逆らえそうもない……か」

思わず本音が口をついて出た。

儀藤はファイルを机に並べながら、どこか寂しげに笑った。

「そう呼ばれていることは、承知しておりますよ。しかし、私のやっていることも重要な職務でして。何より、逃げ得は許さないという……」

「建前はそうだろうが、現実的に今さら真犯人を見つけることができるのかな。二十五年も前のことだよ」

「そこは考え方一つだと思います。二十五年という月日が流れたからこそ、明らかとなる真実もあるのですよ。まあ、おかけ下さい」

向かい合って腰を下ろすと、儀藤は傍《そば》にあったファイルを開いた。

「事件が起きたのは、二十五年前の七月五日。東祖師谷《ひがしそしがや》に住む小学六年生、河田統良君が何者かに誘拐されました。身代金の要求は五千万円」

「わざわざ教えてもらわなくても、あの事件のことは、細かいところまで、すべて覚えているよ」

「それは承知しています。ただ、私の方はまだ事件に関わって日が浅い。ここは一つ、情報共有ということで、もう一度、事件の内容を振り返らせていただけませんか。何かご意見があれば、いつでも言っていただいて構いませんので」

米村は硬い椅子に座り直す。

「そういうことなら、どうぞ」

「統良君が下校しないとのことで、午後五時過ぎ、母親の真理恵《まりえ》氏が捜し始めます。連絡を受け、父親の河田徹《とおる》氏も帰宅。その直後の午後七時半、身代金の要求があった。しかし、河田夫婦は警察に通報せず、犯人の言うがまま身代金を支払ってしまった。統良君が自宅に戻って来たのは、彼が連れ去られてから二十四時間後、翌日の午後四時だった」

米村は忌わしい記憶に顔を顰《しか》めながら言った。

「そんな中、同日午後七時、祖師谷警察署に密告電話が入る。河田の息子が誘拐されたらしいと」

儀藤がうなずくのを待って、米村は続ける。

「電話は世田谷《せたがや》区内の公衆電話から。男性の声だったが、名前も言わずに切れた。不確かな情報ではあったが、電話を受けた以上、警察としては確認をしないわけにはいかない。交番の警官が河田宅を訪問し問い詰めたところ、妻真理恵さんがすべて白状した。事件はそこで初めて警察の知るところとなり、捜査が開始された」

儀藤は開いていたファイルを閉じる。「密告電話のことは後でまた検討するとして、誘拐事件に話を戻しましょう。事件当時、米村さん、あなたは、祖師谷警察署の刑事課にいらしたのですね」

「ああ。事件の一報を受け、河田家に急行した」

「当時あなたは、東祖師谷の六丁目にお住まいだった。つまり……」

「祖師谷警察署の管轄区内に住んでいた」

そのことが後々、米村自身を追い詰めることになるのだ。その前後の事情も当然、把握しているであろうに、儀藤は淡々と事件概要を追っていく。

「ここに河田統良君の証言がありますねぇ。七月五日の下校途中、一人で歩いていたところを背後から羽交い締めにされ、車のトランクに入れられた。後の調べで、この現場は小学校から百メートルほどの地点、人気《ひとけ》の少ない裏路地であると判明しました。徹底した聞きこみにもかかわらず、目撃者はでませんでした」

「聞きこみには私も加わった。人通りが少ないとはいえ、白昼の住宅街だ。目撃者は必ずいるとの信念で臨んだのだが……」

その点では、犯人に運があったと言うべきなのだろう。

儀藤は重々しくうなずく。捜査本部の努力は理解していますよ、というポーズだろうか。

「身代金要求の電話は、公衆電話から。同じ世田谷区内からかけられたことまで判っていますね。声は変声機を使っており、男女の別は不明。何かを読み上げるような調子で、統良君を誘拐したこと、身代金として五千万支払うよう求め切れた」

「身代金要求の電話は都合、二度かかっていた。それが一回目」

あのとき、河田夫婦が迅速に通報してくれたなら。そんな思いがまだ、米村の胸の内にはくすぶっている。

「二回目の電話は翌早朝。身代金受け渡しについてでしたね」

「そう。五千万をバッグに詰め、父親である河田徹自身が持ち、午前十時、渋谷駅のバスターミナルで待てというものだった」

「ここで一つ疑問があるのですが、なぜ、父親だったのでしょうねぇ。受け渡しをするのであれば、母親に持ってこさせた方が犯人にとっては有利に事が運ぶと思うのですが」

「それは皆、考えた。ただ、我々が捜査を始めた時点で受け渡しは終わっていたからね。真相は判らず仕舞いだ」

「午前十時、渋谷駅のバスターミナルで待つ河田氏の携帯電話に連絡が入り、国道246に沿って走れとの指示があった」

「映画の影響か、よくあるパターンだ。運搬人を疲れさせ、取引を優位に進めようとする」

「河田氏は言われるがまま、バッグを持って走った。次に携帯電話に連絡があったのは、表参道駅前でしたか」

「河田にはマラソンの経験などない。湿度の高い七月の東京を走れば、その辺が限界だったろう。ただ犯人が河田を監視していたのか、最初から表参道付近を受け渡し場所にするつもりだったのか、今もって不明のままだ」

「疲労した河田氏は歩道脇で指示通り、犯人を待った。その直後、表参道駅の地下出入口から出てきた人物に突き飛ばされ、バッグを奪われた。河田氏に追うだけの気力はなく、犯人は逃走に成功。直後、携帯電話に犯人から連絡が入り、当日午後四時に統良君を解放するので、自宅で待つようにとの指示――そして午後四時、犯人の予告通り、統良君はタクシーで自宅に戻ってきました。犯人から金を渡され、タクシーで帰るよう指示されていたようです」

米村は両拳を固く握り締める。

「せめて、身代金受け渡し前に通報してくれたら」

「河田夫婦はなぜ、警察に通報しなかったのでしょうか」

「資料にもあるが、彼らの職業が原因であると、私は考えている」

「公式の資料によれば、河田徹氏は当時、無職。自称『救世主』となっていますが……」

「今で言う、カルトだよ。河田徹は元々、鍼灸《しんきゅう》師でね。それに加え、どこで覚えたのか、整体の技術も持っていた。それを使ってやっていたのが、新興宗教の教祖様だ。触るだけで体が軽くなるとか、金《きん》の欠片《かけら》が掌《てのひら》から出たとか、まあ、いかがわしいことをやって、患者、いや、信者から金を集めていたんだな。私にはまったく判らない世界だが、かなりの金額を貢ぐ者もいた。河田家の暮らしぶりは相当なものだったよ」

「その件が警察への通報をためらわせる一つになったと?」

「所詮はインチキだからね。苦情、あるいは脅迫めいたものもあった。河田側としては、警察と関わりたくない思いがあったのだろう」

「しかし、事は誘拐ですよ」

「その辺りのことは、私には判らない。河田徹とは何度か会ったが、つかみ所のない、少々、気味の悪い奴だった。それから、元警察官として、こんなことを言うのは憚《はばか》られるのだが……」

儀藤は人好きのする笑みを浮かべ、手を広げた。

「ここではそんなこと気にする必要はありません。何でも言って下さい」

「河田の判断を一方的に非難はできないのだよ。私たちには子供はいないが、もし同じ立場になったとしたら、果たしてどう行動するか……。犯人から、警察に知らせたら息子を殺すなんて言われたら……」

儀藤は先《さっき》までの笑みをするりと消し、こちらに寄り添うように眉間に薄く皺《しわ》を寄せ、うんうんとうなずく。ころころと変わる態度に、米村は儀藤に対し、今ひとつ信頼を置くことができない。この男はいったい何を考えているのか。

意地が悪いことを承知で尋ねてみた。

「この件について、あなたの見解を聞きたいね」

「私には家族というものがおりませんのでねぇ、何とも。ただ、被害者である河田家の現状を知りたいとは思っています。彼らが二十五年後の今、どこで何をしているのか。それが、もしかすると事件を解く鍵になるかもしれませんねぇ」

そう言って儀藤はずらりと並んだファイルを眺め渡す。

どこまでもつかみ所のない男だった。長く刑事生活を送ってきた米村にも、本心が見通せない。驚きを通り越して、不気味ですらあった。

そんな儀藤がふと真顔にかえって、言った。

「米村さんにはもう一つ、小木曽氏についておききしたいのですよ。逮捕時、彼は無職。アルバイトで食いつなぐ生活を送っていたのですね。えぇっと、前科二犯。窃盗で二年、強盗で八年」

小木曽、その名を聞くだけで、今となっては胸が痛む。小木曽の逮捕、取り調べはすべて本庁の捜査一課主導で行った。そのため、一所轄の刑事であった米村は一切、タッチしていない。さらに言えば、小木曽が逮捕されたとき、米村は既に捜査本部から外されていた。故に、小木曽と話をしたこともない。逮捕前後に数度、顔を見ただけだ。

それでも、自身の関わった事件で、冤罪被害者をだした。それも、冤罪が明らかとなったのは、二十五年の服役後だ。彼は今、六十をとっくに超えた年齢になっているはずだ。

「今年で七十一になるそうですよ」

米村の心を読み取ったかのように、儀藤が言った。

「逮捕時が四十六歳。取り調べ時に自白するも、公判では一転否認。前科二犯であることに加え、反省の色なし、公判での態度も非常に悪く、裁判官の心証も悪くなったようですね。無期懲役の求刑に対し、求刑通りですか。相当に厳しいですねぇ。ただ小木曽氏はその後も無罪を訴え続け、再審請求を行いました。その結果、ようやく再審が認められ、裁判のやり直しが行われたわけですが……」

「その辺のことはもう知っている。聞きたくもない」

「これは失礼しました。それで、この小木曽氏が捜査線上に浮かんだ経緯《けいい》について、詳しくうかがいたいのですが」

「これも密告だよ。捜査が始まった三ヶ月後だったか。男の声で電話がかかってきたらしい。誘拐の件を密告してきたのと、同一人物であるとの結論は出ている。私は既に捜査を外れていたので、くわしいことは判らない。聞いたところによると、統良たちの通う小学校付近に不審者がいるとか、そんな内容だったらしい。実際、子供たちの姿を眺めたり、写真を撮ったりしている男が保護者の間でも話題に上っていた」

「そこで引っかかったのが、小木曽氏だったと」

「この情報に、皆、色めき立った」

「小木曽氏はその日のうちに、捜査本部のあった祖師谷署に連行されていますね」

「挙動不審であったこと、職務質問をしたら逃走を図ろうとしたこと、彼の連行に関して、違法性はないと信じている」

儀藤はファイルを脇にどけると、テーブルの上で手を組み合せ、正面から米村の目を見た。

「米村さん、ご理解いただけるまで何度でも申しますが、これは、冤罪を糾弾するための捜査ではありません。統良君を誘拐した憎むべき真犯人を見つけだすことが目的なのです。小木曽氏については、不幸な出来事と認識しておりますが、あなたがその責任を背負いこむことはないのですよ」

米村も手荒くファイルを払いのける。バラバラと数冊が床に落ちる。

「責任を背負いこむな？　私が？　そんなこと、できるわけがないだろう。小木曽さんが無為に過ごした二十五年を、どうやって償えるんだ？　もし知っているのなら、教えてくれ！」

儀藤の目が鋭さを増す。

「彼を陥れた者を見つけだすのですよ」

「え？」

「二十五年前、密告電話の主は結局、判らず仕舞いだったのですね」

「ああ。先にも言った通り、河田徹は新興宗教の教祖を名乗っていた。信者も多かったが、逆に、彼に対して恨みを持つ者も多かった。訴訟を検討している者もいたらしい。捜査本部は、そうした河田に恨みを持つ者が、彼の自宅を見張っていて、誘拐の事実を知り、我々にリークした。そう考えた」

「では、二度目の電話は？　一度目と二度目は同一人による密告とみられていたのでしょう？　その密告人は河田氏に恨みを抱いていた。ならばなぜ、わざわざ犯人を警察にリークするのです？」

「さ、さぁ。その辺はよく判らない。捜査本部で検討したのかどうかも含めて」

「二十五年前と現在では、状況がまったく違います。いいですか、小木曽氏は無罪となったのです。つまり、密告はガセだったのですよ。いったい誰が、どんな目的で、わざわざ警察にガセネタを摑ませたのか、探ってみる価値は大いにあると思いませんか？」

「それは、まぁ……」

「それもまた、責任の取り方の一つではありませんか？」

儀藤はそう言うとゆっくりと立ち上がる。

「さあ、参りましょうか」

「参るってどこへ？」

「捜査ですよ」

3

移動する電車の中では、二人とも口をつぐんだままだった。二十五年ぶりに無罪となった小木曽のことは、大きなニュースとなっている。小木曽自身はいまだ公の場所には姿を見せておらず、一方の警察もお決まりの短いコメントをだしただけ。最近ではネットを中心に、憶測による記事が出回りだし、混乱に拍車をかけていた。

人混みの中で、小木曽の絡む事件の話をすることは、新たな面倒ごとを引き寄せる恐れもあった。今では携帯を使い、誰でも画像を撮り、会話を録音することができる。下手《へた》なことはできなかった。

電車が飯田橋《いいだばし》に到着したとき、儀藤がするりと人混みをぬい、ホームに降りた。米村も慌てて後を追う。

「飯田橋か。都心に来たのは、久しぶりだ。それで、ここに何が？」

小木曽の逮捕で捜査本部が解散されて以降、事件には極力関わらないようにしてきた。悪《あ》しき記憶は封印してしまうに限る。米村の上司、同僚たちも同じ思いであったらしく、米村の前で事件の話をすることは、いつしかタブー扱いになっていた。その結果、事件について誰かと話をすることもなくなり、米村は悶々《もんもん》とした思いを一人抱えこんできた。儀藤が現れるまでは。

「河田徹氏です。彼は今、あそこに住んでいるのですよ」

「河田……？」

儀藤が指さした方向には、駅に隣接する高層マンションがあった。

突然のことに絶句する。「ヤツが、あそこにいるんですか？」

「ええ、何か問題でも？」

「問題、大ありでしょう。ヤツと私の間に何があったか、知らないんですか？」

「知ってますよ。だからこその不意打ちですよ」

イタズラを仕掛けようと逸《はや》る少年のような顔で、儀藤は言った。

改札を出て一分、マンションのエントランスに入り、エレベーターに乗った。築は古いが、立派な建物だ。買うにしろ借りるにしろ、かなりの額になるだろう。

エレベーターは十八階で止まる。下見でもしていたのか、儀藤の足取りに迷いはない。ドアの並ぶ廊下を進み、中ほどにある一八〇九号室の前で足を止めた。ドアの上には、「河田鍼灸院」のプレートがある。

儀藤はインターホンを押すこともなく、ドアノブを捻《ひね》る。音もなくドアは開いた。入ったところに丸椅子が二脚ある。靴を脱ぎそこに座って待てということらしい。廊下の先には白いカーテンが下がっていた。奥は見えないが、布一枚であるため、当然、音は聞こえる。

鼻にかかった妙に甲高い声がした。

「奥さん、大分、よくなりましたねぇ。いや、鼻に膿が溜まっていて、息が苦しくなってるだけです。ええ、味覚を感じにくいのもそのせいです。いやいや、手術なんて必要ないですよ。僕に任せておいてくれればね。奥さん」

米村は儀藤と顔を見合わせる。室内にはラベンダーの濃い香りが立ちこめており、カーテンの向こうからはペタペタとスリッパの音がする。

「奥さんね、先月、お休みしていたでしょ。僕が何処《どこ》に行ってたと思います？　バチカンですよ。これ、絶対に内緒ですけど、僕、ローマ法王に鍼《はり》うってるんですよ」

「まぁ」「はぁ」というため息にも似た女性のか細い声がする。

「あとね奥さん、この間話した、貸金庫ね、新宿の。手配しておきました。心配だよねぇ。息子とはいえ安心できないもんねぇ。大事なものは、ちゃんと管理できるところに置いておかなくちゃ。じゃあ、今日はこの辺で」

ありがとうございます、とまたか細い女性の声がする。まもなく、カーテンを開き、初老の品のよい女性が現れた。米村たちの姿を見てはっとしたが、すぐに顔を隠すようにしてそそくさと廊下へと出ていった。

カーテンの向こうから、男の声がする。

「あれ？　誰かいるのかな。この時間に予約は入れてなかったはず……」

儀藤と米村は、カーテンを割るようにして、中に入る。ひょろりと痩せた酷い癖毛の男が立っていた。分厚い丸メガネをかけ、胡乱《うろん》な目でこちらを見ている。

米村は驚きを隠しきれない。耳の形や骨格などから、この男が河田徹であるのは間違いない。それにしても、この面変わりは何としたことだろう。誘拐事件の際、直接話すことこそなかったものの、河田の姿を何度も見ている。もっと恰幅がよく、脂ぎった顔立ちで、何とも言えぬ威圧感があった。それが今、枯れ果てた箒のような姿となって、目の前に立っている。

「な、何だね、あんたがたは」

ぎょろりと目を剝く河田に対し、儀藤が名刺を差しだす。

「警視庁の方から来ました」

「へぇ？　警視庁？」

名刺を受け取りながら、素っ頓狂な声をだした。視線が儀藤から米村に向けられる。しかし、そこには驚きも何もない。河田は米村の顔を覚えていない。

儀藤が言った。

「河田徹さんですね？」

「え、ええ。一応……」

「実は二十五年前の息子さんの誘拐事件について、調べておりまして」

「ああ、あの件ね」

まるで他人事《ひとごと》のような態度を見せる。

「あれは酷い目にあったよねぇ。せっかく上手《うま》くいきかけてた商売、パアだもん。警察はあれこれ聞いてくるし、お客さん、みんないなくなっちゃって。後に残ったのは、ゴチャゴチャとうるさいヤツばっかりよ。俺のことインチキだとか何とか、裁判までおこされちゃってさ。おかげでこれ見てよ。見る影もない」

米村は驚きを通り越しあきれ、あきれを通り越して怒りを覚えた。

「あんた、息子が誘拐されたことについては、何とも思っていないのか。自分のことばかり言って……」

儀藤が穏やかに制してくれなければ、そのまま摑みかかっていただろう。そんな米村を、河田は恐れるでもなく怯《おび》えるでもなく、どんよりと曇った目で見返す。

「そんなこと言われても、昔の話だしさ。それに、嫁さんはその息子を連れて出て行っちまった。嫁の方は五年ほど前に患って死んだらしい。息子の方はそれっきり。今、どこでどうしているのかも知らない」

その態度に、米村の怒りは増幅する。儀藤が、そんな米村と河田の間に、するりと入りこんできた。

「えー、河田さん、そうはおっしゃっても、あなたはあの暑い日に、息子さんのため２４６を懸命に走っておられます」

河田はうんざりとした様子で顔を顰める。

「もう昔のことだもん。正直言って、あの頃のことは、話したくないの」

「話したくないだけで、当時のことは覚えていらっしゃるわけでしょう?」

「あ……ああ」

「あなたはですね、犯人と直接会った唯一の人間なのですよ。そのあたりのことを、もう一度、話していただけるとありがたいのですが」

「話すも何も、あんときは疲れ果てて、道端でへたばってたんだ。そしたら、後ろから突き飛ばされて、気づいたときにはカバンがなくなってた。もう唖然呆然で、立ち上がる気力もなかった」

どこまでも当事者意識がない。儀藤を押しのけ、米村は怒鳴った。

「五千万だぞ。後を追おうとか考えなかったのか。それに、我が子の命がかかっていたんだ。むざむざ金を渡してしまうなんて……」

河田は面倒臭げに、ハエを追うような手つきをしながら言った。

「あの五千万は俺の金だったんだし、誘拐されたのは、俺の息子だ。赤の他人がうるさいよ」

「赤の他人だと……!」

米村の剣幕に気圧《けお》されたのか、河田は目を伏せ、言い訳がましく続けた。

「息子のことはともかくさ、当時は俺もはぶりが良かったから、そのくらいの金、何とでもなったんだよ。あのときも、信者の連中が走り回って金を都合してくれた。いい暮らししてたんだ」

　すかさず、儀藤が食いついた。

「だからこそ、警察には知らせず、内々に済まそうと？」

「その通り。それがさ、密告電話だか何だかで、すべてパア。生活もパア。以後、鳴かず飛ばずでこんな生活さ」

　こんな生活が聞いてあきれる。さきほどの婦人とのやり取りを聞くに、今でも詐欺まがいのやり方で金を巻き上げているようだ。

　河田は米村の方をチラチラと見ながら、声を張り上げた。

「さぁさぁ、もう帰ってくれ。巷《ちまた》じゃけっこう話題になってるみたいだけど、俺にはもう関係のないこった。あと三十分で次の客が来るんだよ」

「最後に一つだけ」

　儀藤が人差し指を立てて言った。

「犯人に心当たりはありませんか？」

「はぁ？　あればとっくに言ってるよ。いや逆かな。心当たりがありすぎてさ、誰だか判らねえや。ヒヒヒヒヒ」

「密告者についてはどうです」

　河田は耳障りな笑い声を止め、顔付きを豹変させた。そして、恨みがましい暗い目で、米村を睨んだ。

「思いだした、あんた、米村だ。どっかで見た顔だと思った。あの米村。近所の連中と一緒になって、俺のこと、クソミソに言いやがった」

「クソミソになんて言ってない。それに、そうなったのは、自業自得だろう」

「あんただろ？　密告したの」

「おまえ、何を言ってるのか判ってるのか？」

「判ってるさ。当時は俺のこと逆恨みする奴らが多くてさ。自宅周りでずっと見張っているのがいたんだ。そいつらの誰かが密告したんだろうと思ってたけど、俺が疑っていたのは、あんたさ。あんたは俺に恨みがあった。俺のせいで上司に怒られたんだもんな。だからあんた、息子を誘拐して……」

「黙れ！」

無意識のうちに、腕を振り上げていた。

河田の顔には、卑屈な笑いがへばりついている。

「どうした。やるのかい？」

手首を儀藤に摑まれた。

「さあ、そろそろ行きましょうか」

河田はニヤニヤと笑ったまま、戸口を指さした。

「お帰りはあちらだよ。もう二度と、会いたくないね」

そう言い捨てると、河田はこちらに背を向け、香を焚く準備を始めた。肌にべっとりとまとわりつくようなラベンダーの香りの正体はこれか……。

儀藤もこの匂いは苦手なのか、外に出るよう促してきた。釈然としないことも多かったが、これ以上、自分を抑えておくことはできそうにない。黙って廊下に出て、儀藤と共に一階へ下りる。

外の喧噪《けんそう》の中に身を置くと、幾分、気持ちが落ち着いてきた。駅に向かうのかと思っていたが、儀藤は反対側に歩きだす。肩を並べて歩きながら、米村は言った。

「しかし儀藤さん、あなたも人が悪い。すべて知っていたのでしょう? 私たちと河田家の間に何があったのか。知っていて、私をあいつに会わせたんだ。反応を見るために」

儀藤は丸くひしゃげた鼻先を、指でポリポリと掻いた。

「知っていたことは否定しません。ですがあなたもご承知でしょう? 捜査がどのようにして行われるものであるか」

「いや、私と河田を会わせたことについて、どうこう言うつもりはありません。ただ、何の収穫もなかったなと思いましてね」

「そうでしょうか?」

儀藤は薄気味の悪い笑みを浮かべる。

「大いに収穫はあったと思いますがねぇ」

4

神楽坂《かぐらざか》方面へと延びる道の途中、中華屋とハンバーガーチェーンの間にある、古風な佇《たたず》まいの甘味処に、儀藤は入っていく。米村は酒好きであり、甘い物は大の苦手だ。当然、こうした店に入ったことはない。気後れしつつ後に続くと、中は何と言うことはない、普通の喫茶店の趣であった。奥に厨房があり、四人がけのテーブルが四つ並ぶ。階段があるので、二階席もあるのだろう。一階に客は誰もおらず、店の奥から陽気なおばちゃんの声が響いてきた。

「どこでも好きなところにかけてぇ」

儀藤は手前のテーブルを選んだ。奥の席を米村に勧め、自分は「よっこらしょ」と言いながら、隣に座る。七十は過ぎているであろう、割烹着《かっぽうぎ》姿の女性が水の入ったコップを持ってきた。

「何にします?」

「ぜんざいを三つもらえますか」

「はいはーい」

女性がいなくなるのを待って、米村は言う。

「申し訳ないのですが、私、甘い物は……」

「心配いりません。私たちが食べる分ではないのですよ」

「え？」

「少し時間がありますか。もし良ければ、話してくださいませんか。河田氏とあなたのこと」

真正面から単刀直入にきかれれば、もはや腹もたたない。

「ご存じの通り、私は勤務先である祖師谷警察署管内に家を持っていた。毎朝、徒歩で署に向かう。非番の日は、小旅行に行く以外、大抵、自宅近所で過ごした。交通安全運動で応援にかりだされたこともあれば、ごくたまにだが、事件の聞きこみに回ったりもした。つまり……」

「警察官として地域との関わりが強い」

「そう。だから、ちょっとした相談事を受けることもあった。警察官としてではなく、ご近所さん、友人としてね。こちらとしても、ご近所とは上手くやっていきたい。できる限り話を聞き、可能な限り、相談にも乗った。そんなある日、私のところに持ちこまれたのが、地元小学校のイジメ問題だった。あるクラスにとにかく素行の悪い男子がいて、手がつけられない。相談に来た人の息子さんは、その男子にイジメを受けているらしかった」

「しかし、そうした問題は、学校が解決すべきでしょう」

「建前はね。ただ、事を荒だてたくない学校側は、のらりくらりと親の訴えをかわし続けた。問題の男子は小学六年生。少し待てば、中学へと進学してしまうからだ。しかし、話を聞くに、そいつのやっていることはイジメの範疇《はんちゅう》を超えていた。あきらかな恐喝、暴行をはたらいていた節がある」

「その男子というのが……」

「河田統良だった。当時の河田家はぶりも良く、新興宗教という商売も上手くいっていた。つまり、河田を崇《あが》める信者が、少なからずいた。河田に何か文句を言ったりすると、今度は信者共が黙っていない。抗議に押しかけてきたり、嫌がらせをしたり、いまでこそ、そうしたことには世間の目も厳しいが、二十五年前は、まだ寛容……いや、手ぬるかった」

「そういう状況では、学校側もおいそれと問題化はできなかったでしょうねぇ」

「まさに。困り果てた親が私のところに相談に来たというわけだ。詳しく話を聞いてみれば、統良の被害に遭っていた家庭はほかにもあったらしい。ただ、これは警察の介入する事案ではない。正直、困ったよ。できることなら、知らんぷりをしていたかった」

「あなたは行動を起こされたのですね」

「正義感というより、世間体を気にしただけだった。そして、河田を甘く見ていた。二度、ヤツの家を訪ねたよ。大きな家でね。庭には妙な祈禱所《きとうしょ》だとかがあった。私が行くと、ヤツの周りを信者が取り巻いていて、さすがに足が震えたものだ。ヤツにとって、所轄の一刑事なんて、怖くも何ともなかったんだろう。こちらの言うことをハイハイと聞いただけだった。まあ、さすがに信者による嫌がらせはなかったがね。ただ、二度目に訪ねた後、署の方に抗議があった。当時の刑事課長は震え上がっていたよ。私は課長と副署長に呼ばれ、叱責《しっせき》された。屈辱的だったよ。もっとも、今から思えば、本当の屈辱はもっと後にやって来たんだがね」

「なるほど。そのトラブルが誘拐事件のときに……」

「ああ。思わぬ形で私に災厄をもたらした」

がらりと戸が開き、恰幅の良い中年男が足音も荒く入って来た。腕は太く、首も大木の幹のようだ。足も太く、見るからに鈍重そうな印象を与えるが、さっとドアを閉め、店の奥に目を走らせるなど動きには隙も無駄もない。

米村はこの男の顔に、微かな記憶を刺激された。どこかで会ったことがある……。すぐに思いだした。

統良誘拐事件の捜査本部にいた、捜査一課の若手刑事の一人だ。名前は……。

「有馬《ありま》丘人《たかひと》巡査部長だ。あんたかい、儀藤ってのは」

「警視庁の方から来ました……」

「噂は聞いているよ、死神さんだろ」

自ら椅子を引き、向かいに腰を下ろす。目の前に壁ができたような気分だ。

有馬は細く鋭い目を米村に向ける。

「で、あんたが米村誠司さんと。あんた、覚えているかい、俺のこと?」

歳は有馬の方が下だろうに、随分とぞんざいな口をきく。米村も、それに合わせることにした。

「かすかに覚えている程度だよ、有馬巡査部長」

「俺はよっく覚えているぜ」

それはそうだろう。おまえたち捜査一課は、あろうことか、この俺を誘拐犯だと疑ったのだからな。あのときの悔しさ、情けなさを思うたび、炎に包まれたかのごとく熱くなる。有馬を目の前にして、米村は奥歯も砕けよと歯を食いしばった。

米村の怒りは、間違いなく有馬にも伝わったはずだ。しかし、百戦錬磨の男には何の意味も持たなかったらしい。彼は「ふん」と鼻を鳴らしただけで、儀藤に目を移す。

「で、死神さんよ、何が聞きたいのか知らないが、あんまり期待しないでくれよ。端《はな》っから断っても良かったんだ。だけど、今、暇だしよ。それにここのぜんざいを奢《おご》るって言うんだからしょうがねえや」

先の女性が盆にぜんざいの入ったお椀を三つ載せ、やって来た。お椀を一つずつ、各人の前に置く。

「そいじゃあ、こいつはいただきと」

有馬は、勝手にお椀を自分の前に移動させようとする。その手首を儀藤が摑んだ。有馬の顔にさっと緊張が走る。だが、お椀を持った彼の腕は動かない。信じられないことだが、儀藤の力が有馬を上回っているようだった。有馬は額にうっすらと汗を浮かべ、宇宙人でも見るような目で儀藤を凝視している。儀藤は儀藤で、いつもと同じく、何を考えているのかよく判らない、泣き笑いのような表情のままだ。

「これを食べていただくのは構いませんが、こちらの質問には答えていただきます。もちろん、覚えている範囲でけっこうですので。よろしいですね？」

「あ、ああ。判ったよ。だから、その手をどけてくれるか？」

儀藤はパッと手を離す。有馬は顔を顰めつつ、指を曲げたり開いたりしている。

「で、ききたいことってのは？」

フタを取ると、割り箸を割り、ズルズルとどんぶりでもかきこむような調子で食べ始めた。餅をクチャクチャと音をたてながら咀嚼《そしやく》した後、椀を置く。中身は綺麗になくなっていた。その様子をねっとりとした視線で追いつつ、儀藤は言った。

「小木曽氏についてです」

「そんなことだろうと思った」

二つ目の椀に手を伸ばしつつ、有馬は答える。再び、ぜんざいをすする音が店にこだまする。

儀藤は構わず、口を開いた。

「小木曽氏を逮捕するに至った一部始終です」

奥歯に餅がへばりついたのか、太い指でほじくりながら、有馬は言う。

「そんなことは、資料に書いてあるだろう」

「どうも資料というのは、正直でないことがあります。事の上辺《うわべ》だけをなぞったものや、酷いものになると、事実が書かれていない場合もある」

「それはあんたの思いこみだ」

「有馬巡査部長、あなた、二十五年前は捜査一課の刑事、警部補の昇任試験も控え、順風満帆だった」

有馬が二つ目の椀にフタをする。

「昔の話さ」

「ところが、あなたは今も巡査部長のまま。調べたところによれば、配属後三年ほどで一課を外され、所轄の刑事課に逆戻り。その後は、所轄を転々とする日々。昇任試験も三度挑戦して、いずれも不合格」

バキンと音をたてて、有馬の手にある割り箸がへし折れた。

「もともと、一課なんて向いてなかったのさ。エリートなんて柄じゃねえだろうが。息苦しくてさ」

「容疑者への暴力で戒告。これは内部告発のようですねぇ。ほかにも命令無視、上司への不服従など、懲罰多数」

「あんた、そんなことを聞かせるために、呼んだのか？　自分のことだ。いちいち聞かされなくても、よーく、判ってるぜ」

「申し訳ないが、警察組織の中で、あなたは持て余し者だ。昇進の見こみも栄転の希望もない」

「何が言いたい？」

「義理立てするような組織では、ないと思いますがね」

有馬は儀藤に目を据えたまま、ゆっくりとした動作で三つ目の椀を取る。椀を投げつけてくるのではないかと、儀藤の横で米村は身を硬くしていた。

有馬は椀を口元まで持っていったが、何を思ったのかそれをテーブルに戻す。

「死神か。気に入った。たしかに、あんたの言う通りだ」

うなずきながらそう言うと、あらためて米村の方を見た。

「あんたも災難だったな。あんときはみんな、焦ってた。捜査は行き詰まるし、上からは矢の催促だ。板挟みで苦しんでいるとき、あんたが浮かんできた。言いだしっぺが誰だったかは、言わねえ。あんただって、知りたいとは思わないだろう？」

有馬の言う通りだった。それに、米村が恨みに思っているのは、個人ではない。捜査一課という組織そのものだ。有馬は続ける。

「運が悪かった――そんな言い方をしたら、またあんたは怒るかもしれないが、まさにそうだったんだよ。あんたは河田と、息子統良の件でもめていた。当事者である統良といけ好かない親を同時に苦しめることができるのは、誘拐だ。あんたは土地勘もあり、何より警察の捜査にも精通していた。もしかすると、河田が通報しないことも読んでいたのかもしれない。条件が揃い過ぎていた」

「あんたたちは、私のアリバイまで調べたな」

「結果は最悪。アリバイなしだった」

「あの日は非番だったので、電車を使って箱根に日帰りで出かけた。旅が趣味というわけではなかったが、休みの日は時々……」

「なあ、自分が俺たちの立場だったらどうする？　動機も機会もあるヤツを、放っておくか？しかもそいつは、捜査本部にいるんだぞ」

今まで、何度となく自問してきた。そうすることで、無理やり、自分を納得させてきた。運の悪さも呪った。それでもやはり、取調室に座らされたあの屈辱は、消えるものではない。いつしか有馬の目には同情の光が浮かんでいた。

「取り調べは二度だったな。そんなに長いものではなかったはずだ。その事実は、一課と上層部以外には伏せられた」

「警察という組織を、あんたもよく知っているはずだ。伏せたところで、すぐに噂となって駆け巡る。翌日には、全員が知っていたよ。事務の女性に至るまでね。皆、腫れ物にさわるような態度で、私に接してきた。結局、私は捜査本部を外された」

有馬は黙りこむ。椀のぜんざいはすっかり冷えていた。

「逆ではないですかねぇ」

ふいに儀藤が口を開く。

「え？」

「運が良かったのではないですか」

「どういうことです？」

「あなたが捜査本部を外された後に、例の密告があったのでしたね。小木曽という不審な男がいるという」

有馬がうなずいた。

「ああ、そうだ。この際だから正直に言うが、米村誠司に対する取り調べは継続して行う予定だった。三度目の取り調べを準備しているとき、密告があった。そこから後は、あんたも知っての通りだ。雪崩《なだれ》を打つように、小木曽へと傾いていったんだ」

「だが、それすら、間違いだった。ガセネタに踊らされて、冤罪を生んだ。密告者が誰だったのかは、今もって判っていない。あんたらの失態だ」

米村は精一杯の嫌みをこめて言った。有馬は小さく肩を竦めただけだ。

「小木曽氏に話を戻します。彼の取り調べについてなのですがね」

儀藤が身を乗りだし、有馬に尋ねた。「かなり厳しいものだったのですか？」

有馬はそこでほんの一瞬、ためらいを見せた。そうした、時おりのぞかせる人間的な仕草が、有馬をどこか憎めない男にしている。

「はっきり言って厳しかった。最初は否認していたからな。あ、取調官の名前まで、言う必要はないよな？」

儀藤がうなずく。

「まあ、そいつは上の覚えもめでたく、今はとある警察署の署長だよ。小木曽無罪で、マスコミも騒いでいるが、守り切るだろうな。警察ってのはそういう所だ」

「自白に至った際は、具体的にどんな状況でしたか？」

「十一時間の連続取り調べ。水以外、一切、口に入れさせなかった。それと、小木曽には二つのアキレス腱があった。一つは前科。もう一つは子供が好きだってことだ」

儀藤のトロンとした目が、怪しく光り始めた。

有馬は手応《てごた》えに満足したのか、ニヤリと笑う。

「そもそも二つの前科も、実は子供絡みだったんじゃないかと俺は思っている。窃盗は本屋での万引きだ。新宿にある本屋でな、写真集を大量に万引きしているところを、現行犯逮捕された。本人は売りさばいて金にするつもりだったと言っているが、別の用途もあったに違いない。二度目の強盗、これは小学校への侵入だ。警備員に見つかってもみ合いとなり、殴りつけ、全治一ヶ月の怪我を負わせ逃走。その際、警備員の詰め所にあった現金二千円を盗んでいる」

「それで、強盗ですか」

「これは後付けよ。小学校への侵入こそがヤツの目的だったんだ。見つかって逮捕は免れないと悟り、本当の動機を隠すため、強盗を装ったんだ。わざわざ重い罪を犯してまで、自分の性癖を隠しておきたかったんだな」

「誘拐事件の容疑者として同行を求められたとき、彼はどんな様子だったのでしょう？」

「密告を受けて、俺たちはそれとなく小木曽をマークし始めた。調べたところ、既に何度か職質を受けていることも判った。小学校付近をうろついているところを、不審者として通報もされている。もう決まりだった。同行を求めると、逃走を図り、最後の最後まで抵抗した。だが、結局、家宅捜索でその手の写真が何枚も見つかり、事件当日に小学校近くにいたという目撃証言をつきつけられ、最後は全てを認めた。あとはもう、取調官の思うままだったらしい」

「その自白の信用性に疑問を持たれ、今回の無罪判決となったわけですね」

「小木曽は当時、免許は所持していたが、車は持っていなかった。河田統良は、車のトランクに入れられたと証言していたから、車は必須のアイテムだ。捜査本部は、レンタカー、あるいは知人から借りたと考えたようだが、結局、そのルートは辿れなかった。脅迫電話をかける際の変声機も何処で入手したのか判らず仕舞い。一方でアリバイは皆無、その上、少年に異常な愛情を抱いている。そして……」

「小木曽宅から奪われた身代金が見つかったんでしたね」

「そう。それがあったからこそ、こっちも強気に出られたんだ。ただ、見つかったのは半分だけ。残りはついに見つからず仕舞い。小木曽自身は、誰かが自分を陥れるために置いたと主張していたな」

「その点については、どう思います？　今の見解で構いません。無罪判決が出た今、あなたは小木曽氏のことをどう思いますか？」

「小木曽は本当のことを言っていたんだろう。はめられたんだ。そして、警察はまんまと騙された」

「つまり、真犯人は別にいると？」

「ああ。小木曽に濡《ぬ》れ衣《ぎぬ》着せて、半分の二千五百万、まんまと持っていきやがったんだ。そんな手のこんだことができるのは、いったい、誰なのやら」

有馬は意味ありげに、米村を見た。もはや激昂する気力もない。

三つ目の椀を手にした有馬は、ずるずると餅ごと一気にかきこむ。空になった三つの椀を丁寧に並べた有馬は満足そうに「ふぅ」と息を吐いた。

「ごちそうさん。話すことは全部、話したぜ。もう行っていいかい？」

「ありがとうございました」

「おう」

有馬は立ち上がると、米村を見下ろしながら言った。

「残りの人生、せいぜい楽しむこった」

その言葉に秘められた意味は、米村の胸に深く突き刺さる。

この男、今でも俺を犯人だと思っていやがる。

だがくやしいかな、どれだけ反論しようと、彼を説得できるだけの材料はない。

戸が閉まり有馬の姿が消えると、米村は全身から力が抜けていくのを感じた。あろうことか、目尻にあふれるものがある。儀藤は下を向いたまま、あえて気づかぬふりをしてくれている。

涙を袖で拭い、何とか気持ちを立て直そうとあがく。

一体、何なんだ。二十五年もたって、俺はまだ、あの屈辱から逃れられないのか。

ふと気がつくと、儀藤が立ち上がっている。いつの間にか、勘定も済ませたようだ。

「行きましょうか」

ひどくやさしい声で言う。

「行くってどこへ?」

「捜査はまだ終わっていませんよ。真犯人を見つけに行きましょう」

5

立川駅前からバスに乗り、五つ目の停留所で降りる。畑と住宅の混在する一帯を数分歩いていくと、木造の古びた二階屋が見えてきた。戸の脇には「光園《ひかりえん》」と書かれた看板が下がっている。

風が強く、埃がもうもうと舞い上がる二階屋の前で、一人の青年が箒を手に掃除をしていた。グレーの作業着姿で、頭は半ば白髪に覆われている。ひどく痩せていて、まるで箒が箒を持っているようだ。

二人の気配に気づいたのか、青年は顔を上げる。面変わりした中にも、米村は一十五年前の名残《なごり》を、いくつか発見していた。

河田統良。出会ったときは十一歳であったから、現在は三十六歳になっている。影が薄く、生命力もあまり感じられない。そして、実年齢より遥かに老けて見える。

かつてイジメの中心人物として、学校内に絶対的な影響力を持っていた統良だが、今は見る影もない。ここまで彼がどのような道を歩んできたのか、その外見がすべてを表していた。

儀藤は恭しく名刺を手渡す。

「警視庁の方から来ました、儀藤と申します」

統良は手にした箒を壁に立てかけ、名刺を受け取った。米村の方にもちらりと目を向けたが、軽く会釈をしただけで、気弱そうに顔を伏せる。

やわらかな風が三人の間を吹き抜ける。そのとき、統良がはっとした表情で米村を見た。その意図が判らず、戸惑う。

統良と米村が、直接顔を合わせたことはない。イジメ問題等で河田徹と話し合った際、当人は一度も同席しなかった。

誘拐事件の際も、統良への尋問は有馬たち捜査一課の面々が行ったし、米村は統良の顔を写真で見て記憶に留《とど》める程度だった。当然、統良の方も、米村が誘拐事件の捜査本部の一員であったことなど知るよしもないはずだ。

先に目をそらしたのは、統良だった。顔つきはまた捉えどころのない茫漠としたものに戻っている。

今のはいったいなんだったのか。

統良は名刺を手にしたまま、遠い目をして空を見上げている。帰れとも言わない代わりに、建物に入れとも言わない。ただ、つっ立っているだけだ。米村は困惑したが、儀藤は別段、気に留めた様子もない。その場に立ったまま、話を始めた。

「光園というのは、子供たちのシェルターなのだそうですね」

統良はうなずいた。

「はい。いろいろな事情で自宅に帰り辛い子供たちを迎え、無償で預かります。親が食事を用意してくれなかったり、お金がなくて食事ができない子供のために、簡単ですが夕食を用意して、提供もしています。都内を中心に七ヶ所拠点があるんです」

光園について語る統良は、穏やかに微笑んでいる。それは光園の活動に誇りを持っているというよりは、機械的にそうしているような印象を米村は持った。

「僕はここでボランティアをしています。寝泊まりもここでして、管理一切を任されているんです」

「ボランティアですか。素晴らしいですね」

「ほぼ毎日、夜十一時から朝の七時まで、駅前のコンビニでバイトしてるんです。それで自分の生活費は賄えますから。子供たちに提供している食事やここの維持費はすべて寄付です。土日は、寄付を募るイベントなんかにも参加しているんです」

統良は聞かれもしないのに、自分のことを喋り続ける。儀藤はいちいち相づちを打ちながら、油断のない目を彼に注いでいた。

「しかし、今日は子供たちの姿がないようですが」

「週に一度はお休みをいただいてます。掃除したり、溜まってる事務仕事を片づけたり」

「そうですか。ところで、お母様は?」

「亡くなりました。五年前です」

それ以上のことは、語るつもりもないようだった。口を閉じたままの統良を前に、儀藤は淡々と質問を続ける。

「最近、お父様と会われたことは?」

ここでも、統良の顔に感情らしいものは見られない。前もって用意された台本を読んでいるかのようだ。

「もう何年も会っていません。どこで何をしているのかも、知りません。向こうもそうでしょう」

乾いた表情だった。この男、まるで干からびたタオルだな。米村は思った。

「今日うかがったのは、二十五年前の事件についてなのです」

儀藤がそう切りだしたときも、統良は平然としていた。

「時々、きかれるんですけど、もう記憶がおぼろげで。だけど、できる限り、答えますよ」

「ありがとうございます。では、単刀直入におききしますが、あなたが誘拐された一部始終を知りたいのです」

「ずいぶん、ざっくりしたきき方ですね。一部始終か……」

統良は鼻の頭を掻く。

「覚えているのは、学校からの帰り道、後ろから捕まえられて、車のトランクに入れられたこと。車が走りだしてすごく怖かったこと。バウンドするたびに体があちこちぶつかって痛かったこと。怖くて漏らしてしまったことくらいです」

「あなたは解放されるまでの二十四時間、どこかに監禁されていました？　そのときの記憶は？」

「砧《きぬた》の方にある廃工場だったと後でききました。家の割と近くだったのでびっくりした記憶があります。でも、トランクからだされた後はずっと袋をかぶせられていたから、何も見ていないんです。椅子に縛られて身動きもできなかったし。トイレにも行けなかった」

「食事や何かは？」

「何も貰えませんでした。ただ、最後に汚れた下着だけは替えてくれました。ズボンはそのままはかされましたけど」

「その間、犯人は一度も喋らなかったのですか？」

「はい。声を聞いたことは一度もありません」

警察の捜査で、彼が監禁されていた廃工場はすぐに特定された。しかし、目立った遺留品はなく、目撃者もなく、結局、犯人が使った車の車種すら割りだすことができずに終わったのだった。

「犯人について、ほかに何か気づいたことはありますか？」

統良は首を左右に振る。

「何もないです。あの、これってやっぱり、小木曽って人が無罪になったからきかれているんですか？」

世捨て人のような印象の統良だが、小木曽のニュースくらいは、耳に入っているらしい。

「ええ。彼が無実だったということは、あなたを誘拐した犯人は別にいる、ということになりますから」

「そうですか」

統良は黙りこんでしまった。何かに思いを馳せている様子もない。ただ、語るべきことが終わっただけのようだ。

三十代であるのに、老成したかのような男。父の威を借り、暴君のごとく振る舞っていた子供も、誘拐をきっかけに生活は激変し、父と別れ、あちこちを転々として生きることになった。その歳月の過酷さが、彼を今のごとく変貌させてしまったのだろう。統良は、どのような経緯で「光園」と出会ったのだろうか。彼が恵まれない子供たちのために働くのは、我が身を振り返ってのことなのか。

いや、それすらも本人にとってはどうでもいいことなのだろう。そのくらい、この男は乾いてしまっている。

いたたまれなくなって、米村は儀藤たちに背を向けた。儀藤の声だけが聞こえてくる。

「あなた、小木曽氏が無罪となったことについて、どう思います？」

「どうって言われても……」

「何か思いだしたこと、気づいたことなどありましたら、ぜひ」

「警察の人にみんな話しましたから。僕はもう……」

統良の視線はごく自然に米村の方に向いた。

「あなたも、刑事さんですか？」

「ええ、まあ」

「さっき、何となく思いだしたんですけど、あのとき僕、あなたと同じ香りを嗅ぎました」

「え……？」

「さっき風が吹いて来たとき、ふっとにおったんです。この香り、何て表現すればいいのか……」

「サンダルウッド、白檀の香りですね」

儀藤が横目でニヤリと笑い、言った。

「もういいですか。僕、中の雑巾がけもしないと」

そう言う統良に対し、儀藤は恭しく礼をした。

「お忙しいところ、ありがとうございました」

統良は立てかけてあった箒を取ると、建物の中に消えた。

頭を上げた儀藤が、米村を振り返る。

「その香り、アロマオイルですか？」

突然のことで、米村も慌てた。この匂い、この匂いが……？

「おっしゃる通り、アロマオイルです。警察官時代からずっと使っています。気分が落ち着くと先輩が教えてくれたんです」

「使い始めたのは、いつごろからです？」

「警察官になってすぐです」

「ということは、二十五年前も既にお使いだった」

「……ええ。当時の日本では今ほど一般的ではなかったですが」

「誘拐監禁された統良氏が、犯人から同じ香りを嗅いだという。これは、偶然ですかねぇ」

不気味な笑いを浮かべる儀藤の姿が、米村には地獄からの使いに見えた。何も答えることができず、米村はその場に立ち尽くす。

6

箱田医師の診察を待ちながら、米村は居間の真ん中でぼんやりと椅子に腰を下ろしていた。サンダルウッドのアロマはあの日以来、使うのを止めている。

あの日――儀藤と別れて既に二日になる。不気味に微笑んだ儀藤はそのまま、米村の前から歩き去って行った。以来、音沙汰がない。

米村は窓際へと行き、そっとカーテンの端をめくる。生け垣の向こうには、箱田の白いワゴンが見える。周囲の気配を探るが、気になる人影などはなかった。

儀藤は果たしてどう行動するのか。去り際に見せた、あの不気味な笑み。あれは米村を最終目標に見定めたという宣言だったのか。

「あのぅ」

ふいに声をかけられ、飛び上がった。戸口に箱田が立っている。

「すみません、驚かせたみたいで。顔色が悪いようですけど、大丈夫ですか？」

「あ……申し訳ない、ちょっと疲れが溜まっていて」

「いけませんね。ちょっと診てみましょうか」

「いや、大丈夫だよ」

脈だの血圧だの測られるのは、まっぴらだった。どんな値が出るにせよ、不調の原因についてはロにできないのだから。

箱田はなおも帰ろうとはしない。持ち前の爽やかな笑顔で、話しかけてくる。

「お疲れの原因は、例の仕事の件ですか」

箱田の目に、ちらりと好奇の光がのぞいていた。彼にしては珍しいことだ。儀藤の許可を得て、箱田には捜査の内容について話してある。興味を持つなという方が無理というものか。

「まぁね」

米村は曖昧《あいまい》に答え、窓の外を見る。車の音、人の話し声、様々な音が気になって仕方がない。

張り詰めた神経は、そろそろ限界だった。

「それでどうなんでしょうか。捜査の方は」

「上手くいってるよ。もっとも私は、儀藤さんの後をくっついて歩いただけで、大した役には立っていないんだがね」

「介護でお疲れのところ、慣れないことをさせられているのですから、体調に変化があって当然ですよ。でも、上手くいっているようで良かった」

「もしかすると、もう儀藤さんと出かけることはないかもしれない」

「……と言うと、解決ですか」

「いや、どうだろう。でも、彼は実に優秀だよ。早晩、犯人は捕まるかもしれないね」

「二十五年も前の事件なのに？　すごいですね。僕なんてまだ十三歳だった」

箱田はそう言って、壁の時計を見た。

「次は明後日《あさって》ですね。もし出かけられるのであれば、ご一報下さい」

「よろしく」

見送りには行かず、窓際に留まった。箱田の車が出て行くと、自宅前は静けさに包まれる。

家の中もまた、静寂が支配している。米村と楓子、二人が生きているというのに、ここはまるで死人の家だ。

昨夜はほとんど眠れなかった。思いだされるのは、河田統良のことだった。彼は今日もまた、黙々と施設の掃除をしているのだろう。他のボランティアと共に、食事の準備をしているのだろう。

サンダルウッドの香り……。

いつの間にか、寝入っていた。はっと気づいたとき、時計は午後四時を回っていた。三時間近くも寝ていたことになる。慌てて妻の部屋をのぞく。彼女は何事もなく、静かに寝息をたてていた。痰の吸引などをする必要もないようだ。

胸をなで下ろし、居間に戻る。テーブルに置いた携帯が光っていた。着信があったらしい。恐る恐る画面を見ると、果たして儀藤からだった。ためらった後、かけ直す。

「ああ、米村さん」

間延びした儀藤の声が聞こえた。

「お忙しいところ、お電話してしまって、恐縮です」

「いや、大丈夫だ」

「実は、事件に大きな進展がありました」

「え？」

「これから、私の言う場所まで、来ていただけませんか」

携帯を持つ手が汗ばんだ。

「行きたいのは山々だが、妻がいるので外出できない。今日はヘルパーが来る予定もないし……」

「こちらでヘルパーの手配をいたしました。あと五分ほどで着くと思います」

相変わらず手回しの良いことだ。随分と恐縮しているような口ぶりだが、実のところ、米村に選択権はない。

「判った。で、何処へ行けばいい？」

儀藤が口にしたのは、自宅から歩いて五分ほどの駅の名前だった。

「ご自宅の近所ですから、どうぞ、手ぶらでいらして下さい。駅前ロータリーのところにおりますので」

不安に押しつぶされそうになりながらも、玄関でヘルパーの到着を待つ。まもなく、二人の女性が自転車に乗ってやって来た。先日も来た、ベテランの二人組だ。

「安心して行ってらして下さい。お時間のことは気になさらないでけっこうですから」

と言われ、米村もついうなずいてしまう。

「よろしくお願いします」

もしかすると、もう帰ってこられないのではないか。そんな想像を振り払い、米村は駅前に向かって全力で駆けだす。普段、挨拶を交わす近所の住人たちが、目を丸くして見ているのが判った。

駅が近づいて来ると、ロータリーの端に立つ儀藤の丸っこいシルエットが見えた。周囲に警察官の姿もない。彼一人のようだ。

心臓の鼓動が激しく、今にも足がもつれそうであったが、何とか儀藤の前にたどり着いた。

「おやおや、ゆっくりでいいと申し上げたのに」

「いえ……そうも……いかんで……しょう」

呼吸が乱れ、声が出ない。両膝に手を乗せてかがみこむと、懸命に息を整えた。汗がしたたり落ち、脇腹がズキズキと痛んだ。

そんな米村を前に、儀藤の視線は通りの向こうに向けられたままだ。

「おや、思ったより早いですねぇ。これは、急いで来ていただいて正解だったかな」

儀藤がつぶやいた。独り言のようにも聞こえる。米村はかがんだまま、顔を上げる。

通りを挟んだ向こうには、銀行の支店があった。その前に、タクシーが急停車したところだった。中から、革のバッグを抱えた男が飛びだす。男の姿はあっという間に、銀行の中へと消えた。

「行きましょうか」

儀藤はテクテクと横断歩道を渡る。ゼェゼェと喘《あえ》ぎながら米村は後に続いた。

銀行の正面玄関前で、儀藤は立ち止まった。中に入る様子はない。怪訝《けげん》そうな米村に対し、儀藤は意味ありげに頬を緩めた。

「銀行には既に話を通してあります。彼の行動はすべてカメラが捉えていますし、それは場合によっては動かぬ証拠となります」

儀藤はつま先でトントンとリズムを取りながら、じっと銀行のドアに視線を注ぐ。この状況が楽しくて仕方がない、鼻歌でも歌いだしそうな雰囲気だ。

まもなく、ドアの向こうから、困惑顔の男が現れた。革のバッグを大事そうに抱えたままだ。

「そのバッグの中身を見せていただけませんか。箱田さん」

目の前に立つ二人を見た瞬間、箱田はすべてを悟ったようだ。

儀藤に突進し、はじき飛ばそうとした。それをひらりとかわし、儀藤は自分の足を相手の足に引っかける。箱田は歩道にひっくり返った。抱えていたバッグが手を離れ、米村の足元に転がってきた。箱田は訳の判らぬ叫び声を上げながら、こちらに背を向け、走りだした。通行人たちが慌てて道をあける。

儀藤は追う様子もなく、目を細め背中を見送る。米村は足元のバッグを摑み上げた。ファスナーは開いており、中の札束がのぞいていた。

儀藤が脇に立ち、中を見る。

「身代金の残り半分でしょう。鑑識に調べてもらえば、何か証拠が出るはずです。指紋は難しいかもしれませんが、DNAなどの何かが」

米村は自分の見たものが、まだ信じられずにいた。

箱田が？　箱田がこの金を持っていた。つまり、彼が河田統良誘拐犯なのか？　いや、彼は事件当時まだ子供だった。誘拐犯のはずがない。年上の共犯者がいたのだろうか。いや、それにしても……。

頭の中は混乱するばかりだった。

そんな中で、かつて刑事であった本能が覚醒する。

「箱田！　ヤツが逃げた！　追わなくていいのか？」

儀藤の反応は、米村の予想と大きくかけ離れていた。丸い顔に穏やかな笑みを浮かべ、そっと米村の手からバッグを取った。

「まぁ、彼についてはおいおい。慌てて捕まえる必要もないでしょう」

「必要もないって、あいつは誘拐犯……」

そう言いかけて米村は首を振る。

「そんなはず、ないか」

箱田が犯人であるはずはない。では、今の状況を説明できる唯一の答えは何か。

肩を落とし、空を見上げる。今日もいい天気だ。

真相はとっくに判っていたのだ。それを受け止めることが、どうしてもできなかっただけだ。判っていて、判らないふりをしていた。

真実と向き合うときが来たようだった。

「妻なんだな。誘拐犯は」

7

米村は折り畳み椅子に座る。疲れ切っていた。

河田統良誘拐事件のファイルが置かれていた、あの交番奥の部屋である。今日も立ち番の制服警官が二名いたが、儀藤に軽く敬礼をしただけで、地域パトロールに出かけてしまった。今、交番内には米村と儀藤の二人しかいない。

せっせとファイルを段ボール箱にしまう儀藤に、米村は言った。

「私を相棒に選んだのは、こういう意味があったのか……」

「確証あってのことではありません。再捜査に当たって、私は関係者のことを徹底的に調べます。当人はもとより、近しい人、親しい人も含めて。その中で一人、引っかかる人物がいたのです。この一年あまりで、金回りの良くなった人物がいる。自身の信念に基づき収入を捨て、在宅医療の可能性に身を投じた医師です。寄付やボランティアに頼らねば、成立は難しいビジネスです。にもかかわらず、順調に儲かっているようでした。車椅子の乗り降りが可能なワゴンを、新車で買えるくらいにね」

「だからといって、その出所が身代金だったとは……」

「無論、それだけではありません。事件そのものも見直してみました。まず私が気になったのは、何と言ってもあの密告電話です。私はね、密告は犯人の意思によるものだったのではないかと考えたのですよ」

米村の手前、妻の名をだしにくいのだろう。儀藤はわざわざ「犯人」という言葉を使った。米村もそれにならう。

「しかし、犯人は女性だ。電話は男の声だった」

「河田氏に恨みを抱く者は多かったですから、協力した者がいてもおかしくはありません。今となっては、それが誰であるのかつきとめられませんがね」

「しかし犯人はどうしてそんなことを？　誘拐は成功し、身代金は受け取れたのに」

「本当の目的が金ではなかったとしたら。河田徹氏、いや、河田家への恨みだったとしたら」

儀藤は最初の段ボール箱にガムテープで封をする。

「河田徹氏への恨みを晴らすのであれば、ほかにもいろいろとやりようはあった。にもかかわらず、犯人は大きなリスクの伴う誘拐を選んでいる。これは、恨みの対象が河田徹氏だけではなく、河田家そのものにあるのではないかと考えたのです」

結果的に、儀藤の推理は的を射ていたことになる。当時、米村を含む周辺住人たちは、様々な形で河田家とのトラブルを抱えていた。表に立つことはしなかったが、妻も忸怩《じくじ》たる思いでいたのだろう。それがついに我慢の限界を超えた。夫である米村が課長と副署長から叱責を受けるなどしたからだ。

学校も警察も当てにはならない。妻は夫を、周辺住人たちを守るため、密《ひそ》かに立ち上がったのだ。

誘拐事件の結果、統良は学校を去り、河田家が離散状態となった。彼らの人生計画は大きく狂い、それぞれが挫折と絶望を経験した。

誘拐は、妻の狙い通りの効果を発揮したわけだ。

「なんてことだ……」

そうつぶやきつつも、不思議と妻に対する恐怖、嫌悪をまるで感じなかった。

儀藤は二つ目の段ボール箱の整理にかかる。

「二度目の密告電話も気になりました。小木曽氏を告発する電話です」

「それは、濡れ衣を着せるためだろう？　犯人不在のままでは、捜査が終わらない」

「犯人は最初の密告電話で、誘拐の事実を白日の下にさらしている。ならばなぜ、そのときに小木曽氏の存在を明らかにしなかったのか。なぜ、三ヶ月もたってから、連絡してきたのか」

儀藤が右の指を三本立てる。

「三ヶ月。あなたが犯人ではないかと疑われ、取り調べを受けたのも、そのくらいの時期でしたね」

「妻が私のために密告を仕組んだと？」

「そう考えるべきでしょう。本当なら、小木曽氏など、計画に入っていなかった。ところが、自分の起こした犯罪事件の容疑者として、あろうことか我が夫が疑われている。せっかく邪魔者である河田徹氏を葬ったのに、これでは意味がない。一刻も早く終息させねば、夫の将来が危うくなる。この犯人は恐ろしく頭が切れる。すぐさま、当時問題となっていた不審者に思いが至ります。近隣の子供たちが通う小学校の付近をうろつく、小児性愛者の疑いがある者」

言葉は悪いが、妻にとっては一石二鳥であったわけだ。

「余談ですが、小木曽はまた逮捕されましたよ。少年への暴行容疑で。明日、発表があるはずです。マスコミは飛びつきますよ」

有馬の顔がふと浮かんだ。

「警察の筋書き通りではないのかな？」

「どうでしょうねぇ。そっちの方面に、私はタッチしていませんので。いずれにせよ、誘拐事件に関しては、数々のヒントが目の前にあったのですよ。ただそれを、当時は見ようとしなかった。それだけのことです」

「それだけって……」

性的嗜好がどうであれ、一人の人間を二十五年間も閉じこめた事実に違いはない。

儀藤は三箱目の整理を終え、「うーん」と腰を伸ばしている。

「でもなぜ、箱田が身代金を持っていたんだ？」

「奥様から直接、聞いたのでしょう」

「何だって？」

「奥様は病のため、判断能力が著しく低下されていた。朦朧《もうろう》とした中で、誘拐事件のことを口にされたのかもしれません。医師は治療の際、患者の様々な秘密を聞いてしまうことがあるそうです。無論、守秘義務がありますがね。治療の過程で、箱田が奥様の過去を知った可能性は高いです」

一時期、米村は診察のとき席を外していた。そのときか。

「そしてあるとき、残り半分の身代金の在処《ありか》を、奥様は口走ってしまう。収入面で追い詰められていた箱田は、その誘惑に勝てなかったのでしょう。それが何処だったのか判りませんが、隠し場所に行き、金を手に入れた」

「あなたはそこまで判っていた。でもなぜ、彼が今日、銀行に現れると判ったのだ？」

「捜査の内容や経過を、主治医である箱田には話しても良いと私は言いましたね。それはつまり……」

「捜査が進んでいることを箱田に伝え、プレッシャーを与えることになる」

「そう、その通りです。箱田が誘拐事件に関わっていることを示す証拠は、現金だけです。それを早く始末してしまえばいい。しかし、ここに一つ問題が」

「紙幣の切替か」

「そう。紙幣は二〇〇四年に切替が行われています。無論、そのまま使えますが、大量の旧紙幣を使うのは目立つから避けたい。そこで箱田は、銀行のＡＴＭを使うことにした。ＡＴＭは一世代前の紙幣までなら、普通に入金できます。口座を開き、窓口を通すことなく、機械で旧紙幣を入金、そして下ろすときは新紙幣になって出てきます。金額の限度はありますが、根気よくやれば全額口座に入れることができる」

「今日は箱田の診察日。私からの報告を聞けば、捜査がかなり進展していることが判る。だから慌てて、残りの金を新紙幣に換えようと……」

「銀行に駆けつける。おかげさまで、その通りになりました。銀行には前もって、システムの不具合を理由に紙幣の交換をしないよう依頼しておいたのです」

得意げになるわけでもなく、儀藤は淡々と語り、淡々と箱詰めを続けている。

米村はもう一つ、気になっていることを尋ねた。

「どうして箱田を逃がしたんだ？　そこまで読んでいたのなら、警官を配備するとか、もっと確実な手が打てたはずだ。もしかして、わざと逃がしたのか？」

「私はこれでも警察官ですから、犯罪者を逃がすなんて真似はしません。彼を逃がしたのは、私のミスです」

「儀藤さん……」

「さて、彼はこれからどうするでしょうねぇ。自首するようなタマではないようです。東京を離れ、どこか地方でまた、奥さんと一緒に、在宅医療の専門医を始めるでしょうかねぇ。まあ、いずれにせよ、彼が直接、誘拐事件に関わったわけではありません。盗んだ金もこうして戻ってきたわけですからねぇ」

儀藤は部屋の隅に置かれたバッグを指さす。

「いやしかし、二千五百万だぞ」

「車の購入などに使われていますから、多少目減りはしているでしょうがね」

結局妻は、あの金には手をつけなかった。給料がさほど良いわけでもない夫。家計は楽ではなかっただろう。逼迫《ひっぱく》した時期もあったはずだ。それでも、手をつけなかった。

ならばなぜ、半分残したのだろう。いっそ、全額を小木曽の家に置けば良かったものを。

米村は立ち上がり、バッグを手に取った。ずしりと重かった。この重み――。

妻はいずれ、自分のしたことを打ち明けるつもりだったのかもしれない。そのときの「証拠」として、半分を残したのだ。

いや、違う。そこまで自分は、良い夫ではなかった。このバッグに詰まっているものは、そんな軽いものではない。これは、私に対する当てつけだ。人の苦労も知らないで、と苦笑する妻の顔が浮かぶ。

儀藤がポンと分厚い手を打ち鳴らした。

「さて、ようやく終わりました。署まで運ぶ作業は、若手に任せましょう」

儀藤の脇には、大きな段ボール箱が六個、積み上がっている。

米村は金の詰まったバッグを掲げる。

「あの、これは？」

「おお、忘れてました。さて、どうしますかね」

「ど、どうしますかって、これこそ一番大事な証拠物件じゃないか。鑑識で調べて……」

「しかし、古い紙幣ですからねぇ。今さら調べたところで何が出るか。それに、これはそもそも河田徹氏のもので……あぁ、そうそう、河田徹ですが、詐欺容疑で逮捕することになりました。少々興味がありまして調べてみたのですが、相当、悪辣《あくらつ》なやり方でご婦人方から金銭を巻き上げておりましたよ。宝石や着物や。そういう事情なので、このお金は、息子の河田統良氏にお渡ししましょうかね」

話が理解不能なところまで転がっていった。

儀藤が米村の前に来て、手を差しだした。米村はバッグをその手に渡す。抗いがたい力に操られているようだった。ふと気づいたとき、儀藤はバッグ片手に、米村を見つめていた。

「ご苦労様でした。あなたの警察官としての任務はこれで終了です。奥様のところに、戻ってあげて下さい」

「いや、でも……」

儀藤はこちらに背を向けると、部屋を出ていく。猫背気味の丸く小さな背中が、米村にはまぶしかった。

8

楓子の葬儀が行われた日は、抜けるような青空だった。

「楓子ちゃんらしい、天気だわ」

「彼女を送るのには、ぴったりね」

「彼女、晴れ女だったから」

妻の友人たちは、口々にそう言った。

妻が晴れ女だったことを、米村は知らなかった。そう言えば、結婚して以降、一緒にどこかに出かけたことなど、数えるほどしかない。

楓子が好きだったピンク色の花を敷き詰めた会場で、米村は彼女の遺影を見上げた。

再捜査の一件から三ヶ月後、楓子は自宅で静かに息を引き取った。意識は混濁したままで、最後までちゃんとした会話をすることはできなかった。

箱田は妻と共に出奔し、今なお、行方は判っていない。彼の代わりは、やはり警察時代の友人が紹介してくれた。箱田と同年配の、熱く理想に燃えた医師だった。臨終のときまで、実によくやってくれた。

小木曽の逮捕は予想通り、大騒ぎとなった。さらに、三十年以上前に起きた児童三人の行方不明事件に関わっている疑いがあり、現在、捜査中とのことだ。

河田徹は儀藤の言った通り、詐欺で逮捕された。

一方、息子の河田統良の動向は、不明のままだ。あの金はどうなったのだろう。気にはなるが、わざわざ調べようという気にもならない。

通夜、葬儀の準備に追われる日々の中、ふと儀藤のことを考えた。魅入られた警察官に不幸をもたらす「死神」とあだ名された男。

本当は違うのではないか。少なくとも、米村にとって「死神」などではなかった。

儀藤にもう一度、会いたい。会って、ゆっくりと話がしてみたい。

もしかすると、楓子の葬儀には来るかもしれない。そう思い米村は、あの日に見た猫背気味の丸く小さな背中を探した。だが式場のどこを探しても、見つけることはできなかった。

写真＋装丁　遠藤拓人

初出

「死神の目」　幻冬舎Plus＋　二〇一六年十月七日
「死神の手」　小説幻冬　二〇一七年十一月号～十二月号
「死神の顔」　小説幻冬　二〇一八年一月号
「死神の背中」　小説幻冬　二〇一八年三月号

〈著者紹介〉
大倉崇裕（おおくら・たかひろ）　1968年、京都府生まれ。学習院大学法学部卒業。97年「三人目の幽霊」で第4回創元推理短編賞佳作を受賞。98年「ツール&ストール」で第20回小説推理新人賞を受賞。「白戸修の事件簿」「福家警部補」「警視庁いきもの係」の各シリーズはTVドラマ化され人気を博す。また2017年公開の映画「名探偵コナン から紅の恋歌」の脚本を担当し、同作は大ヒットとなる。

死神刑事《デカ》
2018年9月20日　第1刷発行

著　者　大倉崇裕
発行者　見城 徹

GENTOSHA

発行所　株式会社 幻冬舎
〒151-0051 東京都渋谷区千駄ヶ谷4-9-7

電話:03(5411)6211(編集)
03(5411)6222(営業)
振替:00120-8-767643
印刷・製本所:中央精版印刷株式会社

検印廃止

Printed in Japan
ISBN978-4-344-03364-1 C0093
幻冬舎ホームページアドレス　http://www.gentosha.co.jp/

この本に関するご意見・ご感想をメールでお寄せいただく場合は、comment@gentosha.co.jpまで。